suhrkamp taschenbuch 1301

Bodo Kirchhoff, 1948 in Hamburg geboren, lebt in Frankfurt. Das Theaterstück *Das Kind oder Die Vernichtung von Neuseeland* war die erste Arbeit des Autors, sie erschien 1979. Im selben Jahr folgte die Novelle *Ohne Eifer, ohne Zorn.* 1980 erschienen der Band *Body-Building, Erzählung, Schauspiel, Essay* und Kirchhoffs drittes Stück *An den Rand der Erschöpfung weiter.* 1981 veröffentlichte er Erzählungen unter dem Titel *Die Einsamkeit der Haut* und das Schauspiel *Wer sich liebt.* Kirchhoff unternahm längere Reisen. Aus den Reiseerfahrungen entwickelten sich sein erster Roman, *Zwiefalten,* 1983, und die *Mexikanische Novelle,* 1984. 1985 erschien *Dame und Schwein. Geschichten.*

Branzger, ein Pseudonym. Ein Mann unter diesem Namen, der Ferngespräche führt mit einer Frau, der seinen Nachbarn im Auge hat, zu Huren geht, Roulette spielt, Body-Building treibt, in einer unerledigten Geschichte nachliest, von psychologischen Artikeln lebt, sich im Telefonbuch als Exzentriker ausgibt – und immer wieder Opfer von bestimmten Wünschen wird.

Vom Balkon aus entdeckt Branzger eines Tages, daß sein Nachbar tot ist, und verfolgt von da an die Verwesung der Leiche. Und noch ein Zufall kommt ins Spiel: Branzger trifft auf das scheinbar vollkommene Objekt seines Begehrens. Eine Frau, die gerade einen Brief aufgibt nach Salò in Oberitalien – und sein Phantasma erhält einen Namen. Ein Zeichen, dem er folgt; eine Bestimmung, die sich nach und nach verschiebt . . .

Bodo Kirchhoff
Ohne Eifer, ohne Zorn

Novelle

Suhrkamp

Umschlagmotiv: Ölgemälde von Bodo Kirchhoff

suhrkamp taschenbuch 1301
Erste Auflage 1986

Druck: Nomos Verlagsgesellschaft, Baden-Baden
Printed in Germany
Umschlag nach Entwürfen von
Willy Fleckhaus und Rolf Staudt

1 2 3 4 5 6 – 91 90 89 88 87 86

OHNE EIFER, OHNE ZORN

Ein quadratischer Raum, verstellt mit Abgelegtem. Dazwischen ein Sofa, ein Tisch, ein Sessel und ein Telefon. Außerdem ein Waschbecken mit Spiegel, Kochgelegenheit und Kühlschrank, ein Fernsehgerät sowie Fenster und zwei Türen; eine zum Balkon, eine auf den Korridor.
In dem Sessel, vor dem Tisch, leicht zusammengesunken, Branzger, der Beschriebene und andererseits der Schreibende – von hinten. Unter seinen Augen, auf dem Tisch, vermutlich Texte.
Er sitzt da und spricht. Dreht sich nun ein Stückchen, und man sieht, was ihn beschäftigt: Während er telefoniert, hebt er mit einem grünen Bleistiftstummel auf losen Blättern Worte hervor, setzt Klammern oder macht durch Fragezeichen etwas fraglich.
Obwohl er abgewendet spricht, hört man ihn gut (gesetzt den Fall, man würde alles, was passiert, verfolgen können!). Seine Stimme klingt zufrieden. Manchmal streicht er sich das Haar.

O mein Gott, hat er soeben gesagt und bekommt zur Antwort: Was?
(kurzes Schweigen)
Gar nichts.
Ich hasse Ferngespräche.
Von wem redest du?
Ich rede immerzu von dir.
Was heißt hier ich?
Ich heißt ich.
Glaubst du.
(langes Schweigen)

Du hast deinen Satz nicht beendet.

Ich hätte Angst, habe ich gesagt, er könnte plötzlich sterben und nebenan verwesen.

Was heißt ich hätte?

Ich habe Angst.

Du bist ängstlich!

Er kann doch plötzlich sterben. Warum nicht mit Einundachtzig?

(kurzes Schweigen)

Ich hör auch nichts mehr von drüben.

Dann ist er verreist.

Er verreist nicht. Das weiß ich.

(kurzes Schweigen)

Arbeitest du?

An der alten Geschichte.

Immer noch?

Immer noch.

Mach lieber was Neues.

Was anderes höchstens.

Einen Roman!

Du, es gibt keinen Grund.

Was heißt das?

Ich habe keinen Grund.

Dann wenigstens eine kurze Geschichte. Oder hast du keine Ideen?

Doch. Ich hab eine Idee. Willst du sie hören? Ich erzähl sie dir. Einem blind gewordenen Dilettanten erfüllen Angehörige und Freunde den Lebenswunsch, Bedeutung zu erlangen. Man redet ihm ein, daß seine Schriften mit einem Male Anerkennung finden, und er glaubt alles begierig. So begierig, daß es kein Zurück mehr gibt: Sein Glück wird grenzenlos!

Wie gefällt dir das?
Schreib was Lesbares.
Mir gefällt die Idee.
Schreib nur noch Überschriften.
Das kann ich alleine entscheiden.
Leck dich doch selber.
(langes Schweigen)
Ich häng jetzt auf.
Gehts dir gut?
Im großen und ganzen.
(kurzes Schweigen)
Wolltest du nicht aufhängen?
Gleich.
(kurzes Schweigen)
Jetzt!

Und Branzger hängt auf und vertieft sich wieder. Sitzt da und unterstreicht; verdient den Lebensunterhalt als freier Mitarbeiter bei verschiedenen Fachzeitschriften. Meistens blasse, psychologische Artikel, ohne Eigenwilligkeit. Unter seinem Pseudonym: Branzger – so wie man es spricht.

Er schiebt den einen Text beiseite, Quellen für einen Aufsatz über Kindermord, und zum Vorschein kommen handbeschriebene Seiten. Seine alte Geschichte, die ihn neuerdings beschäftigt. Jetzt, nachträglich, wo er sich alles dazu denken kann.
Im Bademantel sitzt er da und zählt die Blätter. Um ihn herum in der Einzimmerwohnung lauter Zeichen seiner Ordnungsliebe. Sogar die Essensreste auf dem Sofabett: zu einem Zeichen aufgeräumte Krümel.

Branzger blickt auf seine Schrift und wird noch einmal unterbrochen; hat es wieder deutlich vor sich, denkt unter Zwang: weibliche Gesäßfalte, weit geöffnet, unbehaart . . .

Und während er Schokolade ißt, nimmt unter der Hand alles sofort seinen Lauf.
Unmittelbar nach der Erleichterung, die sich hinzog, möchte Branzger etwas Großes tun und fragt sich: Warum immer wieder dieser Drang nach etwas Großem, anschließend an den Erguß? Oder kurz vor dem Einschlafen, in den letzten verfügbaren Minuten . . .
Er schaut in seinen Taschenspiegel, und ihm ist, als hätte er die Antwort. Dann, von einem Augenblick zum anderen, fällt ihm etwas anderes ein: daß er gestern sein Geld verloren hat. Dreihundertfünfzig für einen Artikel über Kindesmißhandlung – und alles auf Schwarz gesetzt.
Branzger geht wöchentlich spielen. Er hat kein System; ihn begeistert der Zufall. Am Rande eines Roulettetisches sitzend lebt er auf und spielt mit dem Verlust.

Alles . . ., entwickelt es sich plötzlich in seinem Kopf, ist heillos durcheinander . . ., und er empfindet Schadenfreude; denn trotzdem leidet er an nichts Bestimmtem und ist mit sich zufrieden.

Ein Blatt fällt zu Boden.
Er hebt es auf und überfliegt die Zeilen. Sätze aus seiner Geschichte über den Einberufungstag eines Rekruten, in Ich-Form.
Der Flieger

Gut recherchiert, wie er gerne behauptet. Alles wirklichkeitsgetreu beschrieben.
Legt es wieder weg und untersucht sein Sperma; denkt unterdessen an die Dreihundertfünfzig.
Steht dann auf, wirft das Papier, das er durchweicht hat, in die Abfalltüte, tritt vor den Spiegel – und macht den Oberkörper frei, um sich etwas aufzubauen: Abwechselnd läßt er den rechten und linken Brustmuskel nach oben schnellen und betrachtet sich die Folgen seines Ausgleichssports (gestern im Studio ein Body-builder über das Training: Tierisch!).

Immer noch auf seine Brust fixiert, stellt sich Branzger eine Veröffentlichung der Geschichte vor; und mit einer kleinen, unbedeutenden Verschiebung der Zusatzgedanke: einmal für irgend etwas einen Preis erhalten, den er dann – mit großer Geste – ablehnt.
Er weiß, daß es zu dem, was er tut, nie eine Alternative gibt. Wozu also ein Preis? Genausogut könnte man einen Kindermörder ehren. Mit ganz anderen Auszeichnungen vermutlich: einer Haarmann-Nadel etwa oder der Kürten-Medaille; einem Charles-Manson-Stipendium oder dem Bartsch-Preis.

Erfüllt von seinem Widerschein beendet Branzger die Vorstellung. Zieht sich wieder an und geht im Zimmer hin und her, nach wie vor an die Verluste denkend. Es sind mehr als Dreihundertfünfzig.
Zum Schluß, als die Gewinne und der Einsatz schon verloren waren, mußte er es noch einmal versuchen. Setzte auf finale zero: Null, Zehn, Zwanzig, Dreißig; jeweils Fünfundzwanzig, macht zusammen Hundert.

Also Vierhundertfünfzig.
Aber denken tut er: Dreihundertfünfzig; hundert weniger.
Wie kindisch, murmelt Branzger und sieht auf seine Fingerspitzen.
Dann holt er seine handbeschriebenen Blätter, die unerledigte Geschichte, legt sich hin und liest den Text zum zweiten Mal von Anfang an.

Ich folge anderen, die vereinzelt am Rande der Landstraße gehen. Die meisten im ordentlichen Anzug. In der einen Hand den Bescheid, den man vorzeigen muß, in der anderen leichtes Gepäck.
Es stört mich, daß meinen Vordermann der Regen nicht kümmert. Ich sehe nach unten, auf seine Schuhe: spitz zulaufende Form, Seiten aus grünem Wildleder, Oberfläche künstliches Krokodil.
Ich schaue weg, bekomme aber keinen Überblick. Ringsherum Äcker und die Wolken sehr tief.
Drei, die hinter mir gingen, haben mich eingeholt.
Heute, gegenwärtig, Dienstag, erster Oktober neunzehnhundertachtundsechzig.
Die Vorderen biegen von der Landstraße ab und verschwinden.
Kurz vor der Verzweigung eine Blechtafel: Zur Kaserne
Jemand reicht eine Bierdose weiter.
In der Ferne ein Mast mit einer Flagge.
Einer will die leere Dose wegwerfen, macht eine Geste und läßt es dann sein.
Eine Schranke und ein Zaun, vor dem Zaun ein Soldat.

Er steht ganz ruhig da, obwohl es kalt ist und regnet. Manche laufen plötzlich schneller; einige sogar im Trab.
Mein Nebenmann zu mir: Das ist der Posten!
Die ersten haben ihn schon erreicht. Ich gehöre zu den zweiten, doch wir sind dicht auf.
Der Posten trägt eine Pistole. Sein halber Kopf ist unter einem Stahlhelm. Hinter ihm, auf einem Schild, der Hinweis: Militärischer Sicherheitsbereich. Vorsicht Schußwaffengebrauch!
Ich halte den Bescheid hin, aber es ist das falsche Blatt; der Posten belehrt mich. Dann sagt er: Fünfte, immer geradeaus, vorletztes Gebäude rechts, und ich bedanke mich und gehe los.
Längs der Straße, in gleichen Abständen, gleiche Gebäude.
Die anderen biegen ab, in andere Richtungen.
Niemand kommt mir entgegen. Eine Stille, als ob alles ruht. Ich erkenne das Haus, in das ich muß; über der Tür eine große Fünf. Die Straße verbreitert sich vor dem Gebäude zu einem rechteckigen Platz. Auf dem Platz stehen welche in Kitteln und rauchen.
Einer sagt zu mir, beinahe vertraulich: Scheiße, was? Und ich antworte: Ja; und ein anderer lacht; und ich fange an zu frieren.

Daran kann sich Branzger noch genau erinnern: an dieses Lachen auf sein Ja hin und dann der Kälteschauer, von einem Augenblick zum anderen.

Jemand steht unversehens vor mir, und ich zeige ihm meinen Bescheid.

Hier hinein, meint er und macht eine Bewegung. Durch die nächste Tür in den Gang und dort warten. Gepäck bleibt am Mann.
Ich sage danke, drücke mich an ihm vorbei und suche eine Toilette; einen Raum, in dem ein Spiegel hängt.

Branzger schaut gegen die Decke.
Wie konnte ich nur in der Ich-Form schreiben, denkt er (sinngemäß!); als könnte man erzählen, was man will.
Daran glaubt er heute fast nicht mehr und ließ ins Telefonbuch setzen: *Branzger, Exzentriker*
Er verabscheut seine frühere Einfalt und alles, was damit verbunden war, ißt unterdessen Schokolade und spielt mit seinem Zeigefinger am Geschlechtsteil. Zeit vergeht.
Dann fängt er bei Bewußtsein an zu träumen: verlegt sich laufend, ohne es zu wollen, auf was anderes . . . Die alte Geschichte zerpflücken, alles verächtlich und lächerlich machen, was er einmal ernst genommen hat, darüber spotten, es verhöhnen, es verwerfen bis auf ein paar Hilfszeitwörter und selbst die noch zertrümmern zu Buchstabenzeichen . . . wie die aus Teig, die er als Kind so gerne mochte . . .
Hier versiegt die Flut in seinem Großhirn; . . . wie die aus Teig, die er als Kind so gerne mochte . . ., war die letzte, deutliche Passage.

Wieder bei Verstand schlägt sich Branzger an den Kopf. Was für eine unerhörte Querverbindung: seine alte Geschichte und die Buchstabensuppe von damals. Was für eine lebhafte Phantasie.

Er steht auf und muß an gestern abend denken, immer noch an die Dreihundertfünfzig. Zieht sich an, verläßt das Zimmer und geht zu einem anderen Schauplatz, in das Body-building Studio.
In einen Raum mit mechanischen Geräten. Kraftmaschinen zur Veränderung des Körpers, aufgestellt vor riesigen Spiegeln, die den Zuwachs zeigen; dem Trainierenden wieder und wieder Formvollendung versprechen.
Dort wiegt sich Branzger und beginnt sein Programm: zweiundzwanzig Übungen zur Schwellung und Furchung; zur Erzeugung von Schatten, die sich im Spiegel verbinden zu monströsen Gestalten, überlebensgroß – ehe sie woanders erneut in Stücke zerfallen.

Nach einer Stunde bestellt er ein Getränk, abseits von den Geräten, an der Bar. Magischen Nektar: Honig und Eier mit Proteinen in Milch mit Bananengeschmack. Und während er entspannt, plötzlich wieder Lust auf die alte Geschichte.
Branzger läuft nach Hause. Er rennt; rennt in den Supermarkt, sieht einen Hausbewohner aus dem vierten Stock vor der Fleischabteilung stehen, fürchtet eine Fahrt im Aufzug mit der Dame und kauft sich nur das Nötigste. Erreicht einen Vorsprung, fährt unbehelligt nach oben, betritt sein Zimmer, verschließt die Tür, ist abgeschieden, spürt einen Augenblick lang: Glück –
Nachdem er die Lebensmittel verstaut hat, geht er aufs Klo.

Ergebnislos, wie am Vortag, bricht er den Versuch nach einer Weile ab. Er duscht und macht dann seine Posen

vor dem Spiegel; denkt: Meine Schulterentwicklung ist wirklich enorm –
Anschließend bereitet er sein Bett, legt sich hin und telefoniert. Branzger erkundigt sich nach dem Ausgang eines Schwangerschaftsabbruchs bei einer seiner Kontaktpersonen, wie er diese Frauen nennt.
Alles in Ordnung, sagt sie, und er beglückwünscht beide, hängt auf und überlegt. Die meisten Dinge, so scheint ihm, gehen doch vollkommen spurlos vorüber ... ohne Hinterlassenschaft . . . et cetera.

Ein paar Minuten später liest er weiter, das Manuskript auf seinen Knien und in der linken Hand den grünen Bleistiftstummel, um alles Überflüssige zu streichen.

In dem Gang stehen schon viele. Sie stehen entlang der Wand, neben ihren Koffern, und warten darauf, daß man sie einzeln in ein Zimmer ruft.
Manche flüstern miteinander.
In der Schlange passiert man ein Informationsbrett, an das ein Zeitungsartikel geheftet ist, genau in die Mitte. Über ein lokales Fußballtreffen; das Ergebnis rot umrandet, und mit einem Lineal doppelt unterstrichen die Worte: erfolgreiche, fünfte Kompanie!
Ich lese den Bericht noch einmal im ganzen, und die, die nach mir kommen, lesen ihn auch.

Vor sich, auf dem Papier, jetzt nur mehr Schriftzüge, und gleichzeitig wieder die Angst, der Nachbar könnte nebenan verwesen. Er hat seit Tagen kein Geräusch gehört. Selbst die Klopfzeichen nicht, wenn er nachts noch

tippt. Oder das wütende Trommeln auf zu laute Musik hin.
Er schläft, redet Branzger sich ein, überspringt den nächsten Abschnitt und kann weiterlesen.

In dem Zimmer sitzen Soldaten hinter Tischen, auf denen Formulare liegen.
Meine Person wird erfaßt.
Danach bekomm ich einen kleinen Block, auf dem bereits mein Name steht.
Ihre Essensmarken für den Monat. Nicht verlieren! Die Nummer hinten drauf ist Ihre Stubennummer.
Und ein anderer, ohne aufzuschauen: Nun gehen Sie aber erst mal in den Keller und empfangen Bettzeug.
Ich bedanke mich und laufe hinaus, halte den kleinen Block in der Faust und suche den Keller. Die, die vor mir kamen, rennen herum oder stehen ratlos da, Decken und ein Schaumstoffkissen in den Armen.
Ich finde den Keller, warte erneut, empfange das Bettzeug und trage es durch die Gänge, bis zur Stube hundertneunundzwanzig, gehe durch die Tür, schmeiße alles auf ein Bett und orientiere mich.
An der Wand ein Filmplakat. In einer Ecke ein Eimer Wachs mit einem steifen Lappen. Auf einem der anderen Betten ein geöffneter Koffer: Wurstkonserven und ein weißes Hemd.
Ich lege mich neben meine Sachen auf mein Bett und schaue nach oben, zum Rost des oberen Bettes, auf die eingeritzten Worte: ficken ist schön.
Der Kofferbesitzer kommt herein.
Ich sage: Hallo, und er sagt: Hobik, Josef.

Wir reden voneinander.
Er möchte wissen, was ich bin.

Eine Beklommenheit bei Branzger, weil ihn der Name Hobik an den Eigennamen denken läßt. Er verachtet alles Autobiographische und meidet es sorgfältig. Was er schreibt, ist vielfach übersetzt; selbst diese alte Geschichte: kein Wort davon ist wahr.

Hobik bietet mir eine Zigarette an.
Wo bist du daheim? frage ich ihn.
Am Rand von . . . Ein Soldat betritt das Zimmer, unterbricht. Wir sehen ihn an, und er sagt: Weitermachen! Mit Sitzenbleiben! Und lacht; und Hobik auch; und ich falle ein.
Dann erklärt er uns: Ich bin der Gruppenführer, Anrede Herr Unteroffizier! und führt aus, wie man ein Bett baut: Die Zipfel der Decke müssen vollständig in die Ecken des Überzuges gesteckt werden.
Danach das Leintuch über die Matratze.
Ohne Wellen.

Branzger ist nicht fähig, auch nur einen Satz zu streichen.

Die bezogene Decke der Länge nach falten und auf das Bett legen. Die Faltkante zu der Bettseite, die beim Betreten der Stube zuerst gesehen wird.
Ein gutes Drittel der hingelegten Decke vom Kopfende an wieder zurückschlagen und in diesen Teil das Kopfkissen rein.

Nun das Endstück der Decke, welches nicht vom Kissen bedeckt wird, eng um dieses herumschlagen und anschließend mit dem Kissen darin wieder zurückklappen.

Hier und da kritzelt er am Rand herum. Um dadurch festzuhalten, daß es seine Blätter sind; daß ihm das Manuskript gehört. Strichzeichnungen von Profilen mit extremer Nase oder muskulöse Körperteile; einfach so, ohne Zusammenhang, aber mit besonderen Kennzeichen. Branzgers kleinen, heimlichen Wahrzeichen.

Zuletzt die andere Wolldecke. Ebenfalls der Länge nach falten und darauf achten, daß die Beschriftung auf die Außenseite kommt – lesbar.

Den nächsten Abschnitt überfliegt er. Privater Wortwechsel mit dem Gruppenführer: voller Hergebrachtem.

Wieder alleine mit Hobik. Er erzählt mir von der Schlachterei des Vaters und fragt zum zweiten Mal: Und was bist du?
Jemand stößt mit dem Fuß einen Koffer in die Stube, kommt nach und macht sich bekannt.
Hittler, sagt er. Mit Doppel-te.
Hobik lacht; ich lache; und er stimmt zu, behält den Mantel an und sucht sich ein Bett.

Branzger weiß nicht, was ihn bewegt. Weshalb ihn die Geschichte fesselt; warum er sie nicht abschreibt, wie so vieles, das er eigentlich nicht halten kann.

Und plötzlich muß er wieder, dieser Neigung folgend, daran denken: weibliche Gesäßfalte, weit geöffnet, unbehaart . . .
Er zieht sich an, fährt mit der Straßenbahn in sein Revier, geht streunen.
Überall entgegenkommende Frauen: tückische Objekte, die ihn anfechten, und Branzger fällt auf die Abscheulichste. Sie sitzt in einem Hauseingang auf einem Stuhl ohne Lehne; kauert dort, eine Hand an ihrer Nase, als ob sie regelmäßig bohrt. Er spricht sie an, und sie lächelt sofort, und er erkundigt sich nach ihren Preisen.
Dreißig, antwortet sie. Normal.
(kurzes Schweigen)
Und für Zwanzig?
Dreißig mit Gummi.
Auch von hinten?
Aber nicht in' Aasch.
Ich überlegs mir, lügt er und läuft weiter.
Von einer zur anderen – bis er dringend mal muß.
Branzger geht in ein Pissoir, tritt an die Rinne und blickt nach links und rechts, in der Angst, daß Männer sich in seiner Gegenwart entladen könnten.
Und wirklich: Neben ihm steht der, den er erwartet hat. Ein an den Rand gekommenes Subjekt, aus dessen Hose das Geschlechtsteil ragt.
In dem Gefühl, daß jener andere nur auf ihn gewartet hat, fängt Branzger an zu pieseln, tröpfchenweise, und schaut unauffällig hin. Der Mann, so scheint es, rückt ihm näher, und für einen Augenblick sieht er seine Augen: wie sie Freundlichkeit verheißen –
Da ergreift ihn Panik: Er verstaut ihn überstürzt, rennt

nach draußen und spürt dort etwas Warmes an den Schenkeln; Urin, den er nicht halten konnte, und dieses Rinnsal löst ein Kribbeln in ihm aus, eine unsagbare Wonne. Eine ausschweifende Empfindung irgendwo im Unterleib, die größer wird mit jedem Schritt; und mitten unter Leuten, hinter vorgehaltener Hand jauchzend wie ein Kind, macht sich Branzger in die Hosen. Geht weiter und weiter und pißt sich aus und genießt die grenzenlose Übertretung.

Zu Hause wirft er alles Nasse in den Abfall.
Danach ein erneuter Stuhlgangversuch – ohne Erfolg: Nicht einmal Luft entweicht; keinerlei Notdurft. Erfüllt von einer namenlosen Angst, zufrieden mit sich selber im großen und ganzen, legt er sich wieder ins Bett und schaut in seine Unterlagen, ein paar Zeilen weiter.

Hobik ißt seine Wurst.
Ich schaue zum Fenster hinaus.
Hittler raucht.
Ein anderer Neuer kommt herein und nennt den Namen: Edmund.
Dann im Gang ein Pfiff und Schreie.

Branzger macht Abstriche; überspringt.

Jeder stürzt hinaus, auf den Platz vor der Unterkunft.
Drei Mann hintereinander, viele nebeneinander! brüllt ein Soldat.
Die, die drei Vordermänner haben, merken bald, daß

ihre Position unmöglich ist, und sie schließen sich woanders an.
Der Soldat gibt verständliche Anweisungen.
Ich sage etwas zu Hobik.
Ruhe! Dritte Rotte, zweites Glied! ruft er, und ich bin sofort still.
Der Soldat erklärt ein Kommando. Danach befiehlt er den Abmarsch.
Unterwegs nichts Versprechendes.
Vor einer Lagerhalle läßt er halten und sagt laut: Sie gehen jetzt in die Bekleidungskammer! Der Reihe nach und schweigend!
Die, die noch nicht dran sind, stehen im Regen und sehen zu Boden.
Einige flüstern sich Mutmaßungen zu, über Schikanen.
Witze sind im Umlauf.
In der Halle überall Regale, bis oben hin gefüllt.
Ältere Männer in blauen Kitteln hinter Schaltern; selbst im Gesicht einander ähnlich.
Ich empfange einen Sack. Dort soll alles rein.
Mit den Stiefeln fängt es an. Vollpinkeln, sagt jemand. Dann werden sie weich.
Zwischenzeitlich immer wieder Unterschriften.
Auf meinem Kopf ein Stahlhelm, aber der Kopf ist zu klein; der Helm kippt herunter, und der Mann im Kittel nennt es kümmerlich.
In der Wäsche suche ich nach Spuren.
Zuletzt wird alles wieder ausgeleert und nachgezählt.
Drei Paar Socken schwarz –
drei Paar Socken grau –
zwei Unterhemden Winter lang –

zwei Unterhemden Sommer kurz –
zwei Diensthemden blau –
ein Dienstbinder blau –
Den kann ich nicht finden, und der Soldat spricht weiter; Verzweiflung kündigt sich an.
zwei Hemden oliv –
ein Arbeitsanzug oliv –
Und plötzlich findet sich der Binder doch. Ich halte ihn hoch und rufe: Hier ist er!
Neben Hobik laufe ich zurück zur Kompanie, den schweren Sack auf dem Rücken, vorbei an Neuen, die noch ihre leichten Koffer tragen, zufrieden über diesen Vorsprung, den ich halte.

Er steht auf und geht zum Spiegel.
Mit der linken Zeigefingerkuppe streicht er langsam am Profil entlang: vom Haaransatz, über die Nasenspitze bis zum Kinn, auf einem hauchfeinen Fettfilm; von oben nach unten und von unten nach oben und denkt: Wenn es nur möglich wäre, wieder einen Vorsprung zu erreichen –
Dann will er sein Gesicht im ganzen sehen. Er tritt ein Stück zurück und sucht nach der totalen Form.

Etwas später holt er sich das Telefon ans Bett, setzt sich auf die Kante, nimmt den Hörer ab, wählt ihre Nummer, und ein Wort gibt das andere.
Ja.
Es geht mir nicht so gut.
Und wie schlecht?
Durchschnittlich schlecht.

Was heißt das?
(kurzes Schweigen)
Im großen und ganzen bin ich zufrieden. Und du?
Willst du mir Fragen stellen?
Hast du keine Lust?
Also frag mich was.
(kurzes Schweigen)
Bin ich liebenswert?
Wenn du schläfst.
Bin ich originell?
Nein.
Was dann?
Irgendwie verstohlen.
(langes Schweigen)
Fertig?
Gehts dir gut?
Hast du was geschrieben?
Ich hab noch eine andere Idee.
(kurzes Schweigen)
Willst du sie hören?
(kurzes Schweigen)
Eine Robinson-Variante: Robinson verblaßt auf seiner Insel. Zu Anfang unterhält er sich mit den Tieren und schläft bei einer jungen Ziege. Aber mit der Zeit gehen alle Interessen dahin. Selbst die Ziege bedeutet ihm nichts mehr, und schließlich hört er sogar auf zu onanieren. Wunschlos sitzt er herum, plappert den eigenen Namen, verwechselt Worte oder vergißt sie und spielt mit seinem Abfall. Da taucht Freitag auf und resozialisiert ihn. Endlich werden die beiden gerettet, und Robinson geht mit Freitag, dem Wilden, auf Tournee.

Wie findest du das?
Schreib lieber was Kurzes.
Das ist die Geschichte. Sie ist nicht länger.
Oder erzähl deinen Lieblingsgedanken.
(kurzes Schweigen)
Warum sagst du nichts?
Ich hab keinen Lieblingsgedanken. Oder glaubst du, daß es etwas gibt, das mit mir zu tun hat?
Ich weiß es nicht.
(kurzes Schweigen)
Jedenfalls bin ich voller Ideen. Paß auf!
Hörst du dir zu?
O mein Gott . . .
Was?
Gar nichts.
(kurzes Schweigen)
Ich hasse Ferngespräche.
Stör ich dich?
Irgendwas stört mich.
Was?
Es stört mich etwas.
Dann sag es.
Du hast es schon gesagt.
Jetzt bin ich durcheinander.
(langes Schweigen)
Stört dich das Schweigen?
Ja, das heißt nein.
Komm, dann leg auf, bitte!
Und Branzger legt auf, löscht das Licht und denkt: ins Bett gehen – sterben.
Er schließt die Augen, läßt das All in seinem Kopf entstehen und befriedigt sich abstrakt.

Am nächsten Morgen fährt er in die Innenstadt, um dort herumzulaufen. Wie ein Tagedieb spaziert er hin und her, und Worte und Bilder, die er kurz vor dem Erwachen träumen mußte, erreichen ihn noch einmal; nun, im nachhinein, versetzt mit allen möglichen Gedanken ... Er, in einem Kinosaal, vor einer schwarzen Leinwand, angestrengt an etwas ganz Bestimmtes denkend, das schließlich Wort für Wort als Schrift erscheint mitten auf der schwarzen Fläche und dazu laut verlesen wird: *Eine ungeheure Imagination.* Dann schieben sich darüber plötzlich andere Bilder, und alles wird zu einem großen Foto in schwarz-weiß: eine Villa in der Ferne; davor, gestochen scharf, der alte Freud, grinsend, mit seinem weißen Bart und seiner runden Brille. Und neben ihm, mit einer Baskenmütze auf dem Kopf, Mund und Augen aufgerissen, er selbst, verkleinert, vor einem Baum, in dem fünf Hühner schlafen, die er anstarrt, – bis ihn die Kraft verläßt, und er auf die Leinwand nichts mehr projizieren kann. Er verschwindet aus dem Kinosaal, um irgendwo darauf zu warten, daß ein Fest beginnt. Da regnet es mit einem Mal in Strömen. Er sucht nach einem Unterstand und wacht darüber auf.

Branzger findet sich in seiner Gegend wieder. Offensichtlich hat er etwas vor; er stellt eine Frage und bekommt eine Antwort.
Meinetwegen, sagt sie. Aber nicht anal.
Nein, versichert er und denkt sich: Gott bewahre.
Über eine Stiege folgt er ihr in ein verdunkeltes Zimmer und bezahlt sofort.

Unter dem Waschbecken hockt ein Schoßhund und stiert.
Branzger setzt sich auf die Couch.
Sie zieht sich aus und gibt ihm Einblick. Er späht hinein und kann nichts finden, sieht nur Schwarz.
Endlich gibt er es für heute auf, sagt dankeschön und geht.
Auf der Straße hält er seine Hände so, daß sich die Finger gegenseitig nicht berühren.
Die Sonne blendet nach dem vielen Schwarz; metallene Gegenstände gleißen.
In den Spitzen seiner Finger hat er ein Gefühl von Schwere. Ihm ist, als ob in allen Rillen kleine, fremde Körperteilchen säßen, übertragen durch den kurzen Hautkontakt; Reste unzähliger Vorgänger, die auch dort hingegriffen haben.
Er rennt nach Hause und reinigt sich mit Terpentin die Hände.
Ein bißchen hätte ich noch bleiben können für mein Geld . . . Nur einmal hemmungslos verweilen, denkt er sich; leben in Hülle und Fülle, – kriecht zurück ins warme Bett und fährt fort in seiner unerledigten Geschichte.

Auf der Stube beginne ich gleich mit dem Einräumen. Ich lese die Spindordnung und gehe danach vor. Zwei Finger Abstand zwischen jedem Wäscheblock. Am schwierigsten ist es, die Unterhosen zu falten; das bauschige Material behält keine Form.
Noch ein Neuer kommt herein und sucht sofort ein Bett. Er stellt sich vor mit Hopp, und Hobik sagt Hopp-Hopp! zu ihm.

In jedem Spind gibt es ein Wertfach, das zu sichern ist. Unter dem Wertfach ist das Essensfach. Unter dem Essensfach, das Fach für die Kopfbedeckungen. Auf den Boden dieses Faches soll man den Wollschal breiten. Auf den Wollschal wird die Schirmmütze gelegt. Die Vorderfront des Wollschals ist so dem Durchmesser der Schirmmütze anzupassen, daß sich durch die eingeschlagenen Schalseiten ein deutliches Rechteck ergibt.
Hobik zeigt mir ein Foto. Eine Frau, die ihre Brüste quetscht. Hittler will es auch mal sehen.
Später legt es Hobik in sein Wertfach.

Branzger überspringt.

Gegen Abend, als die meisten da sind, hält der Gruppenführer eine Rede. Unter anderem sagt er: Sie sind hier in der fünften Kompanie, im zweiten Zug, in der vierten Gruppe – Ihre Adresse sozusagen. Und jeder Soldat, der schon länger hier ist als Sie, ist Ihr Vorgesetzter, automatisch.

Harndrang auf einmal, wie ein Anfall. Branzger hüpft aus dem Bett und stößt mit seinem kleinen Zeh heftig an das Tischbein. So heftig, daß der Schmerz ihn entsetzt. Anschließend schreit er auf, kneift den Tisch mit aller Kraft und brüllt ihm zu: Ich mach dich fertig!
Von nebenan kein Klopfen.
Er läßt Wasser in sein Becken und spürt das Nahen langer Weile. Jetzt, in seiner kleinen Todesstunde, kurz nach vierzehn Uhr: diese immer wiederkehrende, um sich greifende Fadheit.

Branzger sieht ihn an – und hält sich plötzlich für geschlechtskrank. Sorgfältig reinigt er die empfindliche Kuppe, bis seine Angst woanders ist.

Aber immer noch kein Klopfen, obgleich er beide Hähne auf hat. Gewöhnlich klopft der Alte zweimal an die Wand, wenn ihn das Rauschen stört und ruft herüber: Katastrophe! Katastrophe!
Und in der Stille schießen Branzger skandalöse, von jeglicher Bedeutung isolierte Bilder durch den Kopf. Zeit vergeht.
Dann, wieder geistesgegenwärtig, denkt er darüber nach und deutet alles, was ihm widerfahren ist. Bis sich die Spitzen seiner Angst erneut verschieben – zu einem anderen Einfall.
Mit Bestimmtheit, ohne einen festen Wunsch zu haben, eigentlich ohne Liebesverlangen, ruft er eine der Kontaktpersonen an und überredet sie, ihn zu besuchen. Branzger läuft auf den Balkon und wartet. Hofft auf einen Zeitvertreib; sehnt sich nach Zerstreuung.

Sie wohnt in der Nähe, und es dauert nicht lange, und er sieht sie von weitem, – beugt sich vor, wirft einen raschen Blick nach drüben, auf Lebensmittel, die im Fenstersims des Nachbarn liegen, dunkelbraune Äpfel –, geht zurück ins Zimmer, putzt sich die Zähne, öffnet schon die Tür, kommt ihr ein Stückchen auf dem Korridor entgegen, macht eine Bewegung und sagt: Hallo.
Er nimmt ihr die belegten Brötchen ab, um die er sie gebeten hat, und stillt zuerst den Hunger. Danach zieht er sich aus, legt sich aufs Bett und schaut.

Schau nicht her, sagt sie, und er nimmt die Hände vors Gesicht, bis sie nackt an seiner Seite liegt. Branzger blickt ihr in die Augen, damit sie sie nicht schließen kann, und gibt ihr einen Kuß. Sie küßt zurück; dann warten beide auf ein anderes Zeichen.
Was soll ich machen? fragt er endlich, und sie klammert. Zusehends drückt er sich bei ihr hinein; sieht nach, wie sein Eindringen aussieht.
Du bist ein Mann, an den man sich nicht lehnen kann, hält sie ihm vor. Und Branzger nickt.
Systematisch liebkost er ihre Ohren und flüstert ausgesuchte Schweinereien.
Nach einer Weile kündigt sie es an, und er versucht zu lenken. Aber alles geht haarscharf vorbei: Ihr Blut und sein Sperma verlaufen sich, in den leeren Momenten kurz vor dem Punkt, und der Genuß wird fast restlos vereitelt.
Während Branzger sein gerötetes Geschlechtsteil untersucht, wischt sie sich aus und zieht sich wieder an. Was haben die Brötchen gekostet? fragt er, und sie sagt: Ich lade dich ein. Doch er besteht auf Bezahlung und gibt ihr das Geld; genau zwei Drittel des Betrages, soviel, wie er gegessen hat – um seine Schulden zu tilgen.

Gleich nachdem sie draußen ist, beseitigt er die Spuren. Dann setzt er sich an seinen Tisch und recherchiert in einem Buch über den Massenmörder K. Mit dem grünen Bleistiftstummel unterstreicht er: Diese zu verschaffende Erleichterung konnte gegebenenfalls darin bestehen, daß ich an dem betreffenden Abend einen Menschen, gleichgültig ob das ein Mann war oder eine Frau oder ein Kind, umbrachte.

Branzger liest weiter, aber über den Wörtern; eine Erinnerung passiert ihn . . . Wie er eines Tages mit der Luftpistole auf eine junge Taube schoß. Sie schlief auf seinem Balkon und zuckte zusammen, als er sie traf, ohne einen Laut von sich zu geben. Blutstropfen kamen aus ihrem Leib, einer nach dem anderen, mit Pausen dazwischen. Und dieses Zeitlupentempo hat ihn hilflos gemacht. Er holte einen Eimer mit Wasser und übergoß das Tier. Doch immer neue Tropfen traten aus dem Einschußloch. Da flehte er zu Gott, im Scherz: Mach, daß die Wunde zugeht! Und später legte sich die Blutung.

Plötzlich, noch von Erinnerung beschlagnahmt, spürt er einen Drang, springt auf, rennt ins Klo, setzt sich und hofft.

Es gibt Zeiten der Verstopfung und Zeiten des Durchfalls, so wie es eine Zeit des Schweigens gibt und eine Zeit des Redens, hofft er – und Gedanken lösen sich in seinem Kopf und gleiten . . . Er auf einmal mitten in Italien, am Lago di Bolsena, dem kreisrunden See, der schilfumgebenen Mulde, verfolgt einen Verfolger . . . Branzger fühlt die Wurst.

Er spannt die Muskeln, konzentriert seine Kräfte; nach und nach kommt sie hervor und mit ihr das Begehren, sie zu sehen, ja sie zu berühren. Und er greift hin, bricht sie ab und führt sie sich vor Augen: Es ist eine gestreckte, etwa sieben bis acht Zentimeter lange und zwei bis drei Zentimeter breite Kotsäule in den Farben umbra und vandyckbraun, mit einer Oberflächenlandschaft, die ihn an die Gegend um Spoleto denken läßt. Noch nie, so

scheint es Branzger, hat er an sich etwas Vergleichbares entdeckt; etwas so eigenartig Unbeflecktes.
Fast ein bißchen traurig – was immer wieder eintritt, gelegentlich, von Fall zu Fall – wirft er seine Schlacke durch den Spalt zwischen den Schenkeln. Sie plumpst in das stehende Wasser, und ein paar Spritzer treffen ihn; ekelhafte, fremde Tropfen. Er putzt sich ab, bis Blut auf dem Papier zu sehen ist, zieht, geht zurück in sein Zimmer, wäscht sich die Hände und kremt die wunde Öffnung ein.

Kurz danach wieder ein Umsichgreifen von Fadem, versetzt mit einem Bild vom Spielkasino.
Neben ihm, auf dem Bett, die Rekrutengeschichte.
H. Branzger: Der Flieger
Möglich, daß er auch in diesem Namen eigentlich nichts zu sagen hat; manchmal zweifelt er selber daran.
Das Deckblatt fällt herunter.
Er hebt es auf und hat einen Gedanken: Nichts in seinem Leben verbindet ihn mit einer solchen Vielzahl anderer, außer dieser Militärerfahrung. Mit Millionen von Soldaten ließe sich in aller Welt darüber reden! Ohne diesen Anknüpfungspunkt wäre er ausgesetzt. So aber kann er sich berufen. Wie solche, die auf ihren Eigennamen bauen.
Und er fährt fort.
Name?
Hittler.
Schallendes Gelächter.
Holen Sie Ihren Arbeitsanzug.
Er holt ihn aus dem Spind.

Ausziehen bis auf die Wäsche.
Hittler zieht sich aus; wieder schallendes Gelächter.
Jetzt ziehen Sie das Olivhemd an.
Der oberste Knopf bleibt offen.
Als nächstes die Jacke.
Dann die Strümpfe und die Hose.
Jacke und Hemd werden in die Hose gesteckt.
Nun das Koppel durch die Schlaufen. Durch jede einzelne.
Die Stiefel kommen zum Schluß.
Ich habe Ihnen hier zwei Gummis mitgebracht.
Nein, keine Pariser.
Noch einmal schallendes Gelächter.
Einmachglasgummis. Die kriegen Sie in der Kantine.
Die anderen übrigens auch.
Streifen Sie sie über die Stiefel.
Jetzt die Enden Ihrer Hosenbeine nehmen und soweit unter den Gummis durchschlagen, bis die Hose nicht mehr schlabbert.

Wieder die fixe Idee, sein Nachbar könnte nebenan verwesen. Er muß verreist sein, denkt sich Branzger und überspringt erneut einen Abschnitt.

Ich ziehe mir den Arbeitsanzug an und gehe in den Waschraum, wo die Spiegel hängen.
Ich in einer Uniform.
Die Spiegel sind etwas zu klein. Alles ist nicht ganz zu sehen; ein Stückchen fällt heraus.
Plötzlich Pfiffe und Kommandos. Es ist Abendbrotzeit.
Hinausstürzen ins Freie, auf den schon bekannten Platz, vor der Unterkunft.

Ich vergesse meine Essensmarken und muß wieder zurück; verliere den Anschluß und renne hinterher.
Wenn nur Hobik in der Nähe wäre . . .

Branzger kann noch einmal. Er läuft aufs Klo, und wieder gleiten die Gedanken . . . Und wieder der Bolsanersee, inzwischen ohne Wasser, er mitten drin, auf weichem Grund, nachgeäffte Zeichen gebend. Danach reißt es ab.
Er reinigt sich und spült, geht ins Zimmer, legt sich auf sein Bett, masturbiert und spritzt auf die Kontaktanzeigenspalte der Verbraucherzeitung. Liest dann in einem Leibnizbändchen – Studien zur Theodizee – und fragt sich: Wieso jetzt gerade Leibniz?

Gegen Abend ein Versuch zu schreiben. Doch er vollbringt nichts. Weshalb auch? Er hat ja nicht mal einen Vorwand für diese Arbeit über Kindermord. Nicht einmal den des Geldes; die Honorare sind ein Witz. Aber dennoch ist er irgendwie zufrieden. Je ausgeklügelter er denken kann, desto zufriedener wird er . . .; und da kommt ihm die Idee, sich auf die Schreibmaschine draufzuhocken und zwischen die einzelnen Tasten zu koten.
Kichernd steht er auf, tritt vor seinen Spiegel und macht sich einen Imbezillen vor: verdreht die Augen, lacht ohne Grund, fällt in leichte Krämpfe; prahlt . . ., bis er endlich Genugtuung findet. Er schaltet den Fernseher an, und der Bildschirm wird weißgrau; nichts wird mehr geboten, – es sei denn dieses Klischee. Also marschiert er durch sein Zimmer.

Ausgehend vom Schreibtisch, am Sofabett entlang, vorbei am Fernsehapparat, bis zum Waschbecken hin – grüßt sein Spiegelbild – und wendet; passiert den Bücherberg, den Kleiderhaufen, die Abfallecke, bleibt kurz vor der Balkontür stehen und geht dann geradewegs, zwischen dem Sofa und dem Kühlschrank, zurück zu seinem Ausgangspunkt, dem Arbeitsplatz.
Branzger schreitet diesen Weg ein paarmal ab. Solange, bis ihm auffällt, was er tut. Danach legt er sich hin, reibt sich Speichel auf die Eichel und freut sich diebisch über diesen Zufallsreim.

Ein zweiter Selbstbefriedigungsversuch schlägt fehl.

Jetzt nur noch Langeweile und Glanzlosigkeit, wo er auch hinschaut. Langsam driftet er ab, merkt es knapp vor dem Sturz, greift sich den Text, sucht einen Anfang und liest weiter.

Im Speisesaal sitzen schon Soldaten und essen. Vor den Schaltern stauen sich die Wartenden. Küchengehilfen überwachen die Abgabe der Essensmarken. Ich halte meinen Teller hin, empfange Aufschnitt.
Nach dem Abendbrot gehe ich mit Hobik in die Kantine, um dort Bier zu trinken. Er wirft Geld in die Musikbox.
Weine nicht, kleine Eva.
Neunzehnuhrdreißig sollen wir drüben sein, auf der Stube.
Hobik zahlt einen Kognak und erzählt.
Ich dränge zum Aufbruch. Komm jetzt! sage ich.

Branzger läßt aus.

Die beiden politischen Bücher schließe ich ins Wertfach.
Ich hab sie längst gelesen, seinerzeit.
Edmund zeigt mir die Braut.
Hopp steht ratlos da.
Hobik lacht über Hittler.
Jemand muß die Stube fegen. Man einigt sich auf Hopp.
Er nimmt den Besen und fängt an; fegt wie ein Verrückter.
Draußen wird gebrüllt: Fertigmachen zur Nachtruhe!
Hobik jetzt in der Unterwäsche auf dem Bett, ein kleines, hellblaues Radio am Ohr.
Hopp sucht nach verstecktem Schmutz.
Hittler dreht sich um beim Ausziehen.
Edmund klettert in das Bett, das über meinem liegt.
Zwei, so scheint es, fehlen noch.
Und dann die Worte: Kompanie – Zapfenstreich!
Ein Soldat geht von Stube zu Stube.
Hopp hält ihm die Tür auf.
Sie haben in der Mitte des Raumes zu stehen, sagt der Soldat, und Hopp entschuldigt sich bei ihm.
Kurz darauf Dunkelheit.
Ich drehe mich zur Wand und denke an Raumschiffe.

Hier endet die Erzählung. Das meiste hat er ausgelassen.
Branzger ordnet seine Blätter.
Ein paar Notizen gibt es noch, über die ersten Tage und Wochen. Die will er auch noch überfliegen. Möglich, daß sich etwas findet, hofft er; etwas von Interesse.

Dann schläft er bis zum späten Nachmittag.
Nach dem Erwachen ist er müde.
Draußen scheint die Abendsonne.
Mit den ersten warmen Tagen kommt jährlich seine Krankheit: fiebriger Kopf und Druck in den Bronchien. In jedem März dasselbe. So, als ob es Regeln gäbe oder alles seinen Ursprung hätte.
Wie lange braucht man also, fragt er sich, um ein Leben abzuschätzen? Vielleicht genügt ein Tageslauf, von Augenblick zu Augenblick, Wort für Wort notiert, um alle Geheimnisse lüften zu können.
Wenn doch etwas Bahnbrechendes geschähe –

Branzger stellt den Plattenspieler an und hört achtmal hintereinander das Lied: Young girl get out of my mind . . . – öffnet unterdessen eine Gulaschbüchse und erhitzt den Inhalt, zusammen mit restlichem Kartoffelbrei. Danach stellt er den Plattenspieler wieder ab, schaltet das Fernsehgerät ein und fängt an zu essen, mit Beginn der Nachrichtensendung.
Ausführliche Filmberichte über ein verheerendes Lawinenunglück regen ihn ein wenig an. Bilder von Toten, die man ausgegraben hat; wie sie daliegen: als ob sie Zeichen geben wollten.
Und Angst und Wollust mischen sich in seinem Kopf zu unsagbaren Wünschen.
Er kaut gleichmäßig und teilt sich die Portion auf seinem Teller in solcher Weise ein, daß er den letzten Happen noch vor dem Wetterdienst herunterschluckt. Ehe es langweilig wird.
Anschließend wäscht er sofort das Geschirr und geht,

nachdem er sich gekämmt hat, hinaus auf den Balkon. Dort neigt er sich über die Brüstung und ist plötzlich Zeuge, wie unten auf der Straße ein Kind geohrfeigt wird.
Wie ich lebe . . ., sagt er sich, hebt den Blick und sieht nach drüben – auf die schwarzbraunen Äpfel.
Branzger spürt etwas am Kopf. Ihm ist, als ob es regnen würde. Ein seltsamer Schauer, denkt er; ein seltsamer Schauer. Sieht wieder hinunter, auf das Kind, das eben einen Schlag einsteckte, infolgedessen nun stolpert, ausrutscht, in den Dreck stürzt und an den Armen hochgezogen wird, ohne einen Ton von sich zu geben. Überdeutlich spielt es sich vor seinen Augen ab.

Der Regen wird stärker, und Branzger beugt sich noch einmal hinüber, blickt auf die verfaulten Äpfel und gibt nach. Waghalsig, in der Erwartung von allem und nichts, klettert er auf den anderen Balkon, drückt die Nase an das Fenster, erkennt ihn auf der Stelle, möchte weg – und bleibt – und schaut . . . auf Umrisse des Körpers, der unbekleidet liegt, halb auf dem Bett, Kopf im Nacken, einen Arm nach oben, mit abgewinkelter Hand.
Es ist ein Stilleben, sagt er sich, geistesgegenwärtig: männlicher Leichnam auf der Kante eines Bettes in labiler Position. Sieht hin, sieht weg, wieder und wieder; graut sich nicht und graut sich – und stellt dann endgültig fest: Sein Nachbar ist gestorben. Die Leiche nebenan, von niemandem vermißt, wahrscheinlich schon in Verwesung. Eine Verfärbung des Gesichts und der Kontrast der dunklen Hand zum hellen Anstrich der

Tapete sind, auch bei schwachem Licht, nicht zu übersehen: Der Alte ist verschieden.
So weit – so gut.
Er klettert zurück, geht in sein Zimmer, zieht sich einen Anzug an, verläßt das Haus und fährt mit einem Linienbus zum Spielkasino.

Etwas Niezuvorgedachtes beherrscht ihn. Mit einer Hand die andere haltend, den Mund geöffnet wie zum Sprechen, als lägen ihm die Worte auf der Zunge, hockt er hinten in dem leeren Omnibus und sucht nach etwas Festem; nach Bildern mit Namen. Wie in Comics, wo zum Beispiel entsetzliche Schreie als Buchstabenfolgen ablesbar sind. Darüber gewinnt er schließlich wieder Fassung. Entweder, analysiert er sich im stillen, bin ich eine Ausnahmeerscheinung . . . oder der Mensch gehört in ein Abortloch.
Die Busfahrt dauert eine halbe Stunde.
Durch solche Überlegungen erleichtert steigt Branzger aus, läuft in das weiße Gebäude, legitimiert sich mit dem Eigennamen, zahlt Eintritt, kauft sich für Zweihundert Chips und beginnt zu spielen.
Überall bekannte Gesichtszüge, darunter Personen, die Ansehen genießen; und er, wie immer am Rande eines Tisches sitzend, auf der Suche nach dem Zufall, ganz bei sich, ohne Permanenzen zu notieren.

Später, mitten im Setzen, muß er sich daran erinnern, wie ihm der Nachbar unlängst die Beweise seines Lebens vorgewiesen hat, nachts, ausgebreitet auf dem Bett –

Geburtsurkunde –
Staatsangehörigkeitsnachweise –
Zeugnisse –
Trauscheine –
Beglaubigungen –
Besitzurkunden –
abgelaufene Pässe –
Militärpapiere –
Tauglichkeitsbescheinigungen –
Das meiste kaum noch leserlich; einiges sogar in fremder Sprache. Er mußte jedes Stück genau studieren, und was er nicht entziffern konnte oder nicht verstand, hat ihm der Nachbar übersetzt; Buchstabe für Buchstabe, Wort für Wort.
Trauer streift ihn für ein paar Sekunden, weil er das Klopfen nicht mehr hören wird und nicht mehr die Parole: Katastrophe! Katastrophe!

Zehn schwarz. Branzger gewinnt, setzt alles auf Rot, nimmt es im letzten Moment wieder runter – hätte gewonnen! – setzt noch einmal auf Rot – und hat Pech.
Angeregt durch den Verlust fährt er nach Hause.

Dort, alleine, hinter verschlossener Tür, wählt er sofort ihre Nummer.
(kurzes Schweigen)
Ja?
Er ist tot und verwest nebenan. Ich hatte also recht.
Wieso?
Weil es der Fall ist.
Aber das hat mit dir nichts zu tun.

Du, ich habe es gewußt.
(kurzes Schweigen)
Hast du die Polizei gerufen?
Die Polizei?
Das mußt du.
Weiß ich alles.
(kurzes Schweigen)
Wie geht es dir?
Es geht mir ausgesprochen gut. Und du?
Ich bin zufrieden.
Hast du schon eine Geschichte?
Eine neue Idee.
(kurzes Schweigen)
Eigentlich dilettierst du nur, oder?
Ich hab eine großartige Idee. Ein Kind behauptet: Alles fängt mit A an . . .
Weiter.
Und der Vater des Kindes untersagt die Behauptung. Fertig.
Wie konsequent.
Ich bin nicht konsequent.
Wer sagt denn sowas?
Die einzige Konsequenz, die ich mir denken kann, wär eine konsequente Inkonsequenz.
(langes Schweigen)
Ich muß gleich weg.
Dann leg jetzt bitte auf. Jetzt sofort!
Und zufällig legen sie gleichzeitig auf. In einem Augenblick von Harmonie, der sich verfestigt: unfähig zu irgend etwas Selbständigem, und sei es auch noch so gering, Nasebohren etwa oder Fingernägelsäubern, sitzt er eine Zeitlang da.

Danach geht Branzger in sein Bett und nimmt die restlichen Notizen mit, überfliegt seinen Text und liest nur hier und da noch einen Abschnitt im ganzen.

Jemand brüllt: Nachtruhe beenden!

Der Geruch großer Mengen Marmelade und heißen Kakaos. Viele tragen schon die Namensschildchen auf der linken Brust: Flieger Sowieso

Vormittags: Sanitätssoldaten sorgen dafür, daß sich keiner der Wartenden vor dem Untersuchungszimmer an die Wand lehnt.
Der Arzt läßt sich den After zeigen.

Nachher, wieder auf der Stube: jeder muß einen Lebenslauf schreiben. Bei Hobik heißt es am Anfang: Ich bin der Sohn meiner Eltern.
Zum Mittagessen einen Fleischklops, Salzkartoffeln und Möhren.
Gegen fünfzehn Uhr: ein Soldat übt mit der Kompanie die Begrüßung des Hauptfeldwebels. Das Schauspiel kommt an. Hinter dem Hauptfeldwebel steckt der Spieß. Betten schauen wie Trümmerhaufen aus, sagt er zu Beginn seiner Rede.
Abends: ich, Stubendienst, kurz nach Zapfenstreich. Der Unteroffizier bemängelt Staub auf der Lampenkonsole.

Anderentags plötzlich der Leutnant.
Stube hundertneunundzwanzig mit sechs Mann belegt.

Vier Mann beim Warten! Zwei Mann abwesend!
Der Leutnant interessiert sich für Ecken und Ritzen; für Plätze, an denen sich Schmutz verbirgt.
Nachmittags Truppenkunde. Als Metapher dient die Pyramide. Die Rangabzeichen werden in ein Heft gemalt. Filigrane Arbeit: Hittler beißt sich auf die Zunge.

Später Begrüßung durch den Kompaniechef.

Es fängt ihn an zu nerven; das Gewollte überwiegt. Er legt die Blätter weg und löscht das Licht. Einschlafbilder bemächtigen sich seiner. Vermischen sich mit bestimmten Gefühlen, hervorgerufen durch die Füße, die er am kühlen Bettlaken reibt; ziehen sich zusammen zu einer großartigen Landschaft; gleiten zu einer Halbkugel, die ihn verschluckt.

Gleich nach dem Erwachen muß Branzger sich an einen Traum erinnern: Er, als kleiner dicker Junge, in seiner Heimatstadt, auf dem Wege zu den Eltern, nachts – doch in die verkehrte Richtung gehend. Auf einmal links der Straße jene Gasse, wo die Huren stehen, und er will wissen, was sie damals haben wollten, und erkundigt sich bei einer. Sechsachtzig und ganz nackt, erwidert sie, was ihm furchtbar billig erscheint. Er faßt in seine Taschen, aber sie sind leer – und geht verzweifelt weiter. Über eine Brücke, bleibt dort in der Mitte stehen, schaut nach rechts und blickt auf eine Kuppel. Auf eine strahlende, durchsichtige Halbkugel, auf ein großes, erleuchtetes Funkhaus. Da überholt ihn eine ältere Frau und sagt: Deine Mutter macht sich schon

Sorgen. Und er läuft in eine gelbe Zelle, um sie anzurufen. Hebt den Hörer ab und lauter Münzen fallen aus dem Schlitz: ganz genau Sechsachtzig.

Ein lächerlicher Traum, meint Branzger, steht auf, frühstückt und wundert sich darüber, daß er nicht mehr an den Toten denken mußte – bis zu diesem Augenblick! Er will die Polizei anrufen, da läutet sein Telefon. Am anderen Ende, gedämpft, der Herausgeber eines bekannten Periodikums mit der Bitte an ihn, unter Berufung auf eine frühere Arbeit, welche mit Vergnügen gelesen worden sei, er möge wieder einen Beitrag schreiben. Branzger sagt zu, legt auf und macht sich gleich Gedanken – doch umsonst; immer wieder fällt ihm Body-building ein – als Stichwort. Also gibt er nach, verfaßt den Beitrag bis zum Abend und endet mit den Sätzen: Vom Gewicht des Mangels befreite Wörter lösen den magischen Effekt der Kraftmaschinen ab. Andere Träger großer Illusionen, gegen deren List sich alle Muskelfassaden als harmlos erweisen. Denn der Schriftsteller ernährt sich nur von Gespeitem!

Sechzehn volle Seiten. Er liest es sich noch einmal durch und sucht vergeblich seine Fehler; Stellen, an denen er sich verschrieben hat. Dann legt er die Blätter beiseite, öffnet die Balkontür und schnappt Luft. Steht da und zögert.
Hofft auf einen Regenschauer.
Aber der Himmel ist klar.
Im Schreibtisch, unten links, liegt eine Taschenlampe, fällt ihm ein.

Und mit eigenartiger Erregung in der Enddarmzone holt er die Lampe aus dem Fach, klettert nach drüben, leuchtet hinein und sieht ihn im ganzen: im Gesicht vereinzelt schon blau; Augen, Mund und Nase ergeben nicht mehr das vertraute Bild; sind durch Verschiebung aus der Form geraten. Unverändert lediglich die weißen Haare, die zerzaust nach oben stehen.
Branzger strahlt den Rumpf an.
Der Bauch deutlich gebläht, mit Flecken. Grauenvoll vor allem: der geschwollene Hodensack in den Farben schwarz und braun, mit ein paar hellen Resten.
Mehr, hat er den Eindruck, ist es nicht, – klettert zurück, geht in sein Zimmer und möchte plötzlich singen können – gefühlvoll und ohne Begleitung. Und er schaut in den Spiegel und macht sich einen Sänger vor.

Später ißt er eine Tafel Schokolade, legt sich ins Bett und sieht in die verbliebenen Notizen.

An den Spitzen der Kampfstiefel sind Eisenbeschläge. Unter den Eisenbeschlägen sitzt Dreck. Der Feldwebel kratzt ihn mit einer Nadel hervor. Die Nadel trägt er ständig bei sich.

Saalbau Gasthof Sternen, Sonntagabend. Über dem Eingang ein Kruzifix; hinten, auf einem Podium, die Kapelle; an langen Tischen Mädchen aus der Gegend. Und die Soldaten stehen herum, halten sich an Bier oder warten auf Gelegenheit.
Hobik hatte Glück; er tanzt noch mit derselben.
Hittler kann sich nicht entschließen.

Ich fordere eine Blonde auf und frage, ob sie schon mal hier gewesen sei. Sie fragt zurück: Und du? und möchte wissen, wo ich herkomm; aus welcher Kompanie. Ich sage: Fünfte – und sie darauf zu mir: Dann grüß den Hauptgefreiten Weber!

Gefingert habe er sie, gibt Hobik auf dem Heimweg an.

Er löscht das Licht, liegt im Dunkeln und stellt sich vor, die Polizei zu alarmieren, gleitet unterdessen ab, und ein Traum folgt dem anderen.

Nach dem Erwachen mag er sich kaum noch erinnern; es ist ihm auch einerlei, was er geträumt hat. Traumberichte langweilen ihn; beflissene Überarbeitungen, ob man will oder nicht.
Branzger frühstückt im Bett.

Gegen zwölf, er studiert gerade Quellen, ruft eine Bekannte an, die ihn besuchen will.
Sie kommt am frühen Nachmittag, legt sich auf der Stelle hin und spricht von ihrer Psychose.
Dann will sie einen Buntstift, und er gibt ihr einen. Einfach so weinend kritzelt sie Hieroglyphen an die Wand und umrandet ihre Zeichen immer wieder.
Alles Lebendige, denkt Branzger, hat etwas Bedrückendes ... – erreicht mit seinem Zeigefinger ihren Eingang und bohrt sich in den Körper rein. Und während sie sich krümmt, um es beiden zu erleichtern, bittet er darum, die weiße Wand nicht vollends zu verschmieren; und sie beschränkt sich auf ein Eckchen daraufhin.

Schließlich flüstert sie: Gleich –, was ihn befürchten läßt, sie könnte außer sich geraten. Er hebt den Kopf und liest rasch ein paar Titel, oberhalb ihres Beckens, in dem Regal, wo seine Lieblingsbücher stehen, beruhigt sich darüber und bringt es zu Ende.
Danach schnüffelt er an seinem Finger.
Ich hab mich nicht gewaschen, sagt sie zu ihm, und Branzger entgegnet: Dein Schmutz gehört dir – verläßt das Bett und holt ihr einen Block.
Zeichne, fordert er sie auf.
Woraufhin sie lachend das leere Blatt durch ganz bestimmte Intervalle in sich unterscheidet.
Warum lachst du? will er wissen. Es gibt keinen Grund.
Ich habe ein paar Tröpfchen in dein Bett gemacht, gesteht sie ihm und scheint vor Lachen zu ersticken, – schiebt das Blatt mit ihrer Zeichnung in die Tasche, ordnet ihre Kleidung, bedankt sich für die Hilfe und geht, wie sie gekommen ist.
Branzger beseitigt die Spuren und muß mit einem Mal an Drengle denken: An einen Jungen aus der Volksschulzeit, der immer schon geschrien hat, bevor es für ihn Schläge gab.

Später sitzt er da und döst. Das Spielkasino schwebt ihm vor; gegen abend fährt er hin.
Und er gewinnt. Diesmal so hoch wie noch nie, beinahe Tausend, – möchte es abrunden, um jeden Preis, und verliert dabei das Ganze.
Fluchtartig läuft er davon, zur Bushaltestelle, wartet auf den Dreiundsechziger, steigt zu und fährt schwarz.

Zu Hause dann die Überlegung, sein Konto aufzulösen. Das Ersparte abzuheben, um damit zu spielen. Es auf die einfachen Chancen zu verteilen, um dadurch alles zu verdoppeln.
Und auch nachher im Bett immer wieder der Gedankensprung: Alles verdoppeln – das Verlorene ersetzen –
Dazwischen ein kurzer Traum: Er, an einem Spieltisch, seinen Einsatz auf finale zero streuend – Salz, das er verschwenderisch ausgibt. Da kommt die Zehn; er jubelt, doch man zahlt ihm keinen Gewinn, und ringsherum nur Gelächter. Beschämt sieht er zu Boden und stiehlt sich davon.

Jetzt kein Schlaf mehr möglich.
Branzger starrt ins Dunkle. Um ein Haar, und alles wäre gutgegangen, und er hätte die Tausend gehabt.
Er geht zum Kühlschrank, trinkt einen Schluck Selterswasser.
Die Flasche gleitet aus der Hand, zerbricht.
Das Unmögliche, wie es scheint, nunmehr in allem.
Er stellt das Radio an.
Zu hören: Ti amo; an manchen Stellen so richtig herzversehrend.

Aber unzufrieden ist er nicht, sondern macht die Leselampe an, denkt nach über sich und die ganz anderen und findet Halt an diesem Bruch in seinem Universum, ja sogar Gefallen! Vielleicht, schreibt er sich auf, ist das Verlorene unersetzbar; das Heimwehkranksein ein Dauerzustand –, zerknüllt das Blatt und schaut in die alten Notizen.

Ob es etwas bringt, so nachzulesen?
Irgendeinen Vorteil?
Einen nachträglichen Gewinn aus überholtem Leiden?
So, als ob sich alles doch noch lohnte; jeder Dreck irgendwann.
Branzger kocht sich Kaffee und liest weiter. Überfliegt den Text und bleibt nur ab und zu, an bestimmten Punkten nämlich, hängen.

Nicht mich angucken.
Der Blick geht geradeaus.
Mund bleibt zu.
Arme hängen locker.
Ellbogen leicht nach vorn.
Hände sind geschlossen und berühren die Oberschenkel.
Und nichts rührt sich.
Im Stillgestanden rührt sich nichts.
Da rührt sich kein Sackhaar.
Und wenn der Himmel voller Fotzen hängt.

Auf den hellen Fleck zielen.
Ich suche den hellen Fleck.
Auf erkanntes Ziel fünf Schuß Einzelfeuer – Feuer frei!
Der Wahnsinnsknall und die Stille danach.
Jetzt sehe ich den hellen Fleck.
Ich ziele und schieße – und so weiter.

Später das Ergebnis: Zehn tief links, keine Figur; sechs links, Figur; acht hoch links, Figur; acht hoch, Figur; drei hoch links, keine Figur.

Alarm! Jeder rast umher, seine Habe zu verstauen, getrieben von entsetzten Vorgesetzten, die, mit Uhren in den Händen, fürchten, ihre Gruppe könnte letzte werden.

Setzen Sie sich nur, ich bin der Standortpfarrer. Weshalb, glauben Sie, komm ich zu Ihnen?

Plötzlich, mitten im Lesen, ein großartiger Einfall: Zweitausend wird er sich holen, ein Sechstel des ganzen Vermögens, und vorsichtig progressiv setzen, auf das erste, zweite oder dritte Dutzend, mit vierzehn Spielen jeweils, so daß ihn nur noch eine Serie treffen kann.
Es tagt.
Er steht auf, geht ans Fenster und malt ihn sich aus: seinen großen Sieg.
Die Vögel fangen an zu pfeifen.
Lange hat er keine Nacht mehr durchgemacht.
Branzger öffnet die Balkontür und sieht nach dem Licht. In den Bäumen kann man schon die Zweige unterscheiden. Kein Lüftchen weht. Zu mildes Wetter für die Jahreszeit; eine heimtückische Wärme ohne Verlaß.
Sein Sterbemonat, denkt er, wird der März.

Und auf einmal ist er drüben, auf dem anderen Balkon, geht dort dicht an die Scheibe und betrachtet, was im Morgenlicht erkennbar ist: Das Gesicht des Toten jetzt eher konkav, anstatt, wie zu Lebzeiten, nach außen gewölbt. Die Nase bloß noch ein Gebilde. Ein schwarzbrauner Klumpen, – und Branzger entsinnt sich der Zeile: schwarz-braun wie die Haselnuß . . . Die Augen

ebenfalls verschwunden unter dem Einbruch des Gesichts. Das Kinn scheint über den Mund zu wachsen; es nähert sich der Nase. Hände bis über die Handgelenke inzwischen rabenschwarz. Der Bauch wohl noch nicht, aber der Hodensack, so wie es aussieht, vor dem Entzweiplatzen. In der Größe eines Säuglingskopfes spannt er sich über den Schenkeln.
Geruch dringt durch die Fensterritzen.
Menschenfleisch im Zustand fortgeschrittener Verwesung, sagt sich Branzger, von dem Anblick beinahe überwältigt, und stellt sich nochmals vor, die Polizei zu rufen. Doch dann verschieben sich die Dinge wieder, und die Besitzlust an dem Wissen um den Toten setzt sich durch.

Er macht, daß er zurückkommt und freut sich auf den Tag. Müde ist er gar nicht; im Gegenteil: voller Unternehmungsgeist. Branzger will sich etwas kaufen, unbedingt.
Nach zwei Eiern im Glas, Toast und Kaffee, schaut er sich um und sucht nach passenden Kleidern; nach etwas, das ihm steht. Er schlüpft in ein Hemd, das er nicht mag; in eine Hose, die ihm etwas zu kurz ist; in eine Jacke, die er mal schick fand – und fährt in die Stadt.
Unterwegs, neben Kindern, die mit Schleim spielen, hat er auf einmal einen Wunsch vor Augen: Etwas Festes besitzen – eine schwere Waffe – viel schwerer als die, die er zu Weihnachten bekam – als er halb so alt war wie heute.
Branzger steigt aus, läuft durch die Straßen und übersieht; Leute, so scheint es, rempeln ihn an, und er sehnt

sich nach einem Anflug von Melancholie. Nach einem hellgrünen See und flachem, ausschweifendem Leiden.

In einem Waffenladen kauft er dann, was er glaubt gesucht zu haben: Revolver, Kaliber vier Millimeter – steckt das Päckchen in die Manteltasche und geht weiter, aufmerksamer als zuvor.
Auslagen mit Scherzartikeln ziehen ihn an.
Hin und hergerissen von der Künstlichkeit der exponierten Gegenstände betritt er das Geschäft und fragt, ob er sich umsehen dürfe.
Die Objekte liegen alle unter Glas.
Abgetrennte Finger; täuschend echte Nasen mit Abszessen; ein farbgetreuer Kotzhaufen neben einer künstlichen Kotstange; Nachbildungen von Wunden, die man auf den Körper heften kann; Vampirzähne; Glasaugen und mehr.
Ihn interessiert der Kot.
Was kostet das? möchte er wissen, deutet hin, und die Verkäuferin sagt: Sechsachtzig.
Von etwas abgelenkt, das ihm entfallen ist, zählt er ihr das Geld vor; sie packt inzwischen den Artikel ein, und Branzger – gedankenverloren – dreht sich um und geht.
Ihr Tütchen! ruft die Verkäuferin. Sie haben es vergessen!
Woraufhin er rot wird, schnell zurückkommt, die Tüte greift und aus dem Laden rennt, unentwegt, ohne jeden Eigenwillen; wie ein Fährtenhund.

Erreicht so den Zielort, wo Ältere mit niedrigen Preisen an einem Bauzaun stehen und locken. Weibliche Gesäß-

falte, weit geöffnet, unbehaart . . ., denkt er und trägt leise sein Begehren vor. Die Angesprochene ist einverstanden, geht voraus.
Noch auf der Treppe hält er ihr die Scheine hin, um das Geschäftliche perfekt zu machen.
Oben, in ihrer Kammer, setzt er sich und schaut.
Auf der grünen Couch ein kleines, weißes Handtuch – wie beim Psychoanalytiker. Nur nicht am Kopfende, sondern in Höhe des Geschlechts. Etwa in der Mitte also; scheinbar zentral.
Nachdem sie sich entkleidet hat, bückt sie sich für ihn, wie abgemacht – und fängt auf einmal, als Branzger gerade nachsehen will, völlig unerwartet, ohne daß er es mit ihr vereinbart hätte, an zu reden.
Guck in den geilen Bobbes, sagt sie; und das Bild in seinem Kopf zerfällt. Inmitten von Verschrumpeltem zeigt sich ihm nur noch die Öffnung – ohne Geheimnis. Er steht auf, gibt sich befriedigt und macht sich davon. Hört, während er die Treppen runterläuft, wie sie ihm hinterherruft: Wenn du Lust hast, kommst du immer hier vorbei, und wir tun es wieder auf die Weise!

Kaum draußen, muß er sofort lachen.
Auf die Weise! – So, als ob es Eigenheiten gäbe! Er lacht und sieht sich dabei kacken – aus dem Mund – und lacht noch mehr.

Ein paar Straßen weiter fällt ihm das Spielkasino ein. Branzger geht in seine Bank und hebt Zweitausend ab. Etwas später, auf dem Nachhauseweg, verlegt er sich auf etwas anderes, pfeift und ist zufrieden.

In seinem Zimmer packt er den Revolver aus, als erstes. Spannt ihn und drückt ab, kippt die Trommel raus, lädt, klappt sie wieder rein, spannt erneut und schießt in seine Bücher.
Zweihundertvierunddreißig Seiten schlägt es durch. Aber etwas treibt ihn immer noch.
Er macht den Oberkörper frei und post vor seinem Spiegel. Fast keine Schatten mehr um die Brust; fast keine Furche mehr in der Mitte. Mit Erschrecken stellt er seinen Abbau fest, zieht sich um und rennt zum Studio.
Dort zeigt die Waage den Gewichtsverlust. Branzger holt sich, was er braucht, Geräte mit allen Schikanen und trainiert auf Masse. Vier Sätze Kniebeugen, auf den Schultern eine Last, als stemme er sich selber. Dann, bei schräger Körperhaltung, eine Hantelübung für die Brust: die Gewichte abwechselnd drücken, langsam – bis zum Gehtnichtmehr. Zwischendurch, immer wieder, kurze Blicke in die großen Spiegel: auf der Suche nach den Schatten, die die Form bedeuten. Im Anschluß an die Brust, mit gleichem Einsatz, Oberarme, Schultern und Bauch; und gegen Ende noch einmal die Schenkel.
Nach den Qualen an der Milchbar. Was fehlt dir? fragt ihn ein Fortgeschrittener. Ich weiß es nicht, sagt Branzger, ahnungslos; denn der andere daraufhin: Weißt du, was mir fehlt? Vier Zentimeter Wade und sechs Zentimeter Brust.

Abends, zu Hause, wieder vor seinem eigenen Spiegel, beruhigt ihn das Abbild: Spannt er sich an, entstehen Schatten und Adern treten hervor.
Wenn Körperteile sprechen könnten . . ., denkt er und

fängt an zu murmeln: Ich bin der Bizeps, der König der Muskeln ... ich bin die Schulter, alles ruht auf mir ... ich bin die Brust, ich kann hüpfen ... und so weiter. Branzger duscht, trocknet sich ab, legt sich hin. Ist schläfrig, aber nicht müde genug; neben sich das Telefon; bedrängt von langer Weile. Wartet bis zum Nachttarif und wählt dann ihre Nummer.

Ja?
Ich.
Warum rufst du an?
Weil es billig ist jetzt.
(kurzes Schweigen)
Du, weißt du, du verbreitest Angst.
Ich hab keine Angst.
Du verbreitest sie aber. Selbst durchs Telefon.
Das ist nicht wahr!
Du kannst daran nichts ändern.
Ich kann mich anders verhalten.
Du hast keinen Einfluß drauf. Es hängt ausschließlich von mir ab. Und nicht von dir.
Was?
Ob du Angst verbreitest, zum Beispiel.
(kurzes Schweigen)
Ich hab mir einen Revolver gekauft.
Willst du dich erschießen?
Ich habe keinen Grund.
Worauf schießt du denn?
Auf alles Mögliche.
Kinderfotos ...
Wieso?

Du änderst dich nicht.
Was heißt das?
Nichts weiter. Du kannst dich halt nicht ändern.
Du auch nicht.
Das versteht sich von selbst.
Es versteht sich nichts von selbst.
Meinetwegen.
(langes Schweigen)
Du, weißt du, was ich glaube? Ich glaube, es gibt gar keine Probleme.
Sondern?
Alles fließt so dahin. Probleme sind willkürliche Unterbrechungen. Völlig unnatürliche Interpunktionen. Eigentlich bin ich problemlos.
Wie schlimm . . .
(kurzes Schweigen)
Nein?
(kurzes Schweigen)
Ich hab wieder eine Idee!
Hast du.
Paß auf! Jemand geht spazieren, und alle Leute, denen er unterwegs begegnet, werden nach und nach dem einen Menschen, den er liebt, immer ähnlicher. Zunächst nur im Körperbau, in der Art sich zu kleiden, in den Gesichtszügen, in der Mimik. Später in der Stimme und kleinen Intimitäten. Zuletzt sogar im Geruch. Das heißt, wo er nun auch hinschaut, überall sieht er exakt die geliebte Person.
Du bist ein Denunziant.
Was denn sonst?
Das war kein Angriff.

(kurzes Schweigen)

Alsdann . . .

Was heißt alsdann?

Alsdann heißt: schön, ich leg jetzt auf, ja?

(kurzes Schweigen)

Die Idee gefällt mir übrigens nicht.

Ich hab noch eine. Jemand schreibt sein Leben lang an einer einzigen Erzählung.

(kurzes Schweigen)

Oder glaubst du, es gibt nichts Vollkommenes?

Bei dir geht alles irgendwann wieder kaputt.

Ich hasse Punkte.

(kurzes Schweigen)

Was willst du überhaupt?

Was Totales, verstehst du.

Schreib eine Gespenstergeschichte.

Wieso?

Oder das mit dem Kind und dem Vater.

Mach ich noch.

War die Polizei da?

Du, das hab ich vergessen. Aber ich tu das jetzt gleich.

(kurzes Schweigen)

Alsdann . . .

Und sie legt auf und Branzger kurz nach ihr.

Er geht zum Tisch, holt eine Schachtel und sucht das Bild, auf welchem er als Kind allein in einer Mulde steht und gräbt. Im Kapuzenmäntelchen mit einem kleinen Spaten in der Hand. Vor einem Loch, das so tief werden sollte, daß es durch die ganze Erde reicht.

Das ist es.

Branzger stellt das Foto vor ein dickes Buch, tritt zurück, nimmt den Revolver, spannt den Hahn, zielt, drückt ab, läuft hin und freut sich an dem Einschußloch. In der Höhe des Bauches wurde der Mantel von dem Projektil durchschlagen, so daß es nach hintenzu aufklafft. Eigentlich wollte er das Gesicht zerstören. Dieses verkniffene Madenantlitz unter der Mütze, die man ihm, um den Ansatz seines Scheitels vorzuzeigen, aus der Stirn gezogen hatte.
Kein Volltreffer also; ungefähr sieben tief, Figur. Er legt das Foto wieder weg, in die Schachtel, setzt sich hin und schaut noch einmal in die unerledigte Geschichte.

Hobik verteilt Zigaretten.
Hittler erzählt einen Witz.
Hopp tritt auf der Stelle.
Ich hab kalte Füße.
Pause beenden! brüllt der Leutnant. Weitermachen mit Auf- und Abnehmen des Gewehrs!

Das Gewehr hängt über der Schulter.
Der Gewehrriemen wird mit dem Daumen gespannt.
Bei eins gibt man dem Gewehr mit der Schulter einen Ruck und läßt es am Riemen, mit dem Daumen als Achse, herumfliegen bis vor die Brust, wo man es mit der linken Hand am Handschutz fängt.
Bei zwei läßt man den Gewehrriemen los und greift mit der rechten Hand über die linke.
Bei drei wird das Gewehr mit der rechten Hand unterhalb des Kornschutzes gehalten, parallel zum rechten Bein, so daß die Schulterstütze fast den Boden berührt.

Und bei vier setzen alle zugleich die Schulterstütze auf den Boden.
Ich beherrsche es als erster.

Danach ist Schluß.

Branzger ordnet die Blätter, heftet sie ab und steckt sie in einen Umschlag. Den Umschlag legt er in einen Karton, zu anderen Notizen, und den Karton schließt er ein in ein Schubfach.
Wenig später hat er plötzlich ein Gefühl und läuft aufs Klo. Durchfall überrascht ihn und entrinnt, einfach so, gelöst. Und oben, im Kopf, verschieben sich die Zeichen unter den Gedanken zu rätselhaften Träumereien ... Er, in seinem ganzen Darminhalt sitzend, in einem morschen Hotel, als Verrufener ... mit schlechtem Namen in der Heimat, schreibend ... von keiner Wiederholung bedroht, nur das Lebensnotwendigste wissend ...
Noch mehr entfällt ihm – und seine Gedanken fangen an zu springen ... Er mit Geld, soviel, um jede Frau zu mieten, sie für rasche Stillung zu entlohnen ... oder in der Lage, Frauen einfach herzustellen, als synthetische Gebilde mit Vollkommenheit ... anschmiegsame Nachempfindungen, kaum zu unterscheiden von den echten, sparsam im Verbrauch von Energie ... mit austauschbaren Gliedern, um zu spielen ...
Branzger spült, reinigt sich, spült ein zweites Mal, geht ins Zimmer, bindet sich eine Krawatte, nimmt die Zweitausend, ruft ein Taxi und läßt sich vor das Spielkasino bringen.

Dort verliert er gelassen sein Geld, bis auf die letzten Fünfhundert. Die verspielt er nicht systematisch, sondern setzt sie, um den Zufall doch noch rauszufordern, auf impair. Starrt auf das Kügelchen, wie es kurz vor der Entscheidung hüpft von Zahl zu Zahl und auf der Sechsunddreißig liegen bleibt.
Mit dem Bus und wieder ohne Karte fährt Branzger zurück, weder enttäuscht noch verzweifelt, eher gelangweilt aufs neue. Gleichgültigkeit und unbeschreibliche Angst halten sich die Waage; nichts in ihm nimmt überhand.

Zu Hause zieht er sich ganz aus und stellt sich vor den Spiegel. Mit der linken Zeigefingerkuppe streicht er über seine Oberfläche, über die Spuren des Alters: über Hautsäcke unter den Augen, Falten in der Nabelgegend, sein eingefallenes Geschlecht; und etwas Schauderhaftes geht ihm durch den Kopf.
Branzger zieht sich wieder an, holt die Taschenlampe aus dem Fach, läuft auf den Balkon, klettert hinüber, leuchtet hinein und sieht die neuen Zeichen der Verwesung: Der Leib im ganzen durch Blähung entstellt. Die Stirn, die Nase und das Kinn jetzt so einander angenähert, daß die Augen und der Mund nicht mehr zu erkennen sind; verschwunden in schwarzblauer Fäulnis. Unverändert weiterhin die Haare sowie der ausgestreckte Arm mit der geknickten, dunklen Hand. Ebenfalls schwarz mittlerweile die andere, zwischen den Schenkeln liegende Hand.
Ob er sich noch erleichtern wollte? fragt sich Branzger. Noch zu guter Letzt?

Und er erinnert sich daran, wie er den Nachbarn mal ertappt hat, im Sommer splitternackt auf dem Balkon, hinter einer Zeitung onanierend, mit Hilfe eines orthopädischen Geräts.
Warum soll ihn nicht, mitten in der Selbstbefriedigung, der Schlag getroffen haben?
Gestank dringt zu ihm durch. Er hält den Atem an, drückt seine Nase an das Fenster, um Spiegelungen zu entgehen – und schaut hin: Der Hodensack, so scheint es, ist geplatzt; etwas Rötlichbraunes glänzt auf der ausgezehrten Haut.
Alsdann . . ., murmelt er leise, glaubt sich erbrechen zu müssen und beschließt, spätestens morgen irgendwann die Polizei zu alarmieren.
Wieder in seinem Zimmer, legt er sich ins Bett und korrigiert dort den Artikel. Denkt noch einmal nach über den entwendeten Körper, schiebt dann das Produkt in ein Kuvert und klebt es zu. Anschließend macht er sich andere Gedanken; schreibt die Geschichte Alles fängt mit A an: Ein Kinderzimmer am Abend. Inmitten von Beschädigtem und Unbeschädigtem der Vater . . . und so weiter; er schreibt sie etlichemal.

Gegen Morgen setzt er einen Punkt und streckt sich. Seine zweite Nacht ohne Schlaf und keine Spur von Müdigkeit. Branzger duscht, frühstückt und macht sich fertig, um auf die Bank und auf die Post zu gehen. Er stellt sich vor, sein ganzes Geld auf einmal zu riskieren. Alles, was er je verloren hat, mit einem Schlage wettzumachen. Steckt sich Sparbuch und Ausweis sowie den Brief mit dem Artikel ein, verläßt das Zimmer, schließt die Tür ab, läuft zur Station und fährt ins Zentrum.

Entschlossen betritt er die Bank und sagt, was er will.
Sie möchten also Ihr Konto auflösen, versichert sich die Angestellte, und Branzger erwidert: Ich will mein Geld.
Dann lösen Sie Ihr Konto bei uns auf.
Er nickt und reicht seinen Ausweis.
Es dauert ein bißchen. Die Zinsen müssen noch berechnet werden.
Daran hat er gar nicht gedacht.
Und ein paar Minuten später steht es fest: Zehntausendzweihundertvierunddreißig ganz genau.
Branzger möchte, daß das viele Geld auch danach aussieht. In Hundertern bitte, sagt er, und die Angestellte zählt es ihm vor.
Bündelweise Geld.
Er stopft es in sämtliche Taschen und macht, daß er wegkommt. Geht zu Fuß zum Hauptpostamt, um den Artikel aufzugeben.

Am Schalter muß er Schlange stehen. Vor ihm eine Frau in enger Hose, und Branzger entdeckt es sofort, wird augenblicklich Opfer der vollkommenen Gestalt: weibliche Gesäßfalte, weit geöffnet, unbehaart . . ., passiert es seinen Kopf als Bild und läßt ihn glauben, daß unter dieser Hose etwas sei, das dazu imstande ist, einen Mangel zu beheben, den er nicht beschreiben kann; eine Lücke auszufüllen in seinem Dasein.
Das, endlich, ist es, denkt er, starrt hirnverbrannt auf dieses pralle Zeichen seines Zeichens, auf diesen Arsch der Ärsche und hält dabei mit einer Hand die andere.
Die Frau dreht sich zur Seite, für einen Moment, und er

meint sie wiederzuerkennen – um einen Übergriff zu wagen: Mit der Spitze seines rechten Zeigefingernagels berührt er vorsichtig den Stoff der Hose, dort, wo die Spannung am stärksten ist, mit angehaltenem Atem.
Dann kommt sie an die Reihe, und Branzger achtet auf jedes Wort. Ein Einschreiben offensichtlich, an eine andere Frau, italienischer Name, nach Salo bei Verona. Sie bezahlt, geht und er ihr nach, immer noch den Brief mit dem Artikel in der Hand.

Ohne Eile erledigt sie Besorgungen. Drogerie und Kaufhaus; Feinkostgeschäft und Apotheke; Spielwarenladen; Metzgerei – während er, aus Angst sie zu verlieren, in kurzem Abstand, wie ein unbeholfener Schnüffler folgt. Beim Fleischer verlangt sie nach Leber. Kauft ein großes und ein kleines Stück, gibt Gelegenheit zum Kombinieren.
Von da aus läuft sie zur Station und wartet auf die Bahn. Branzger steckt den Brief in seine Manteltasche, holt sich eine Zeitung aus dem Automaten, läßt sie nicht aus dem Blick.
Eine Dreiundzwanzig kommt. Die Frau steigt ein, setzt sich – und er ihr gegenüber, hinter Schlagzeilen verborgen; OЯOM springt ihm in die Augen.
Am Zoo steigt sie aus, geht auf die Hochhäuser zu. Vor dem Eingang Nummer acht bleibt sie stehen und schaut sich um. Branzger sieht an ihr vorbei, haarscharf. Sie geht weiter, betritt das Haus und er nach ihr, bevor die Tür zuschlägt.
Jetzt kaum noch Abstand zwischen ihm und ihr.
Die Frau im geöffneten Fahrstuhl, auf dem Boden eine

ihrer Einkaufstüten; er davor . . ., tritt nun hinzu, um die Tüte für sie aufzuheben, doch die Frau ist schneller. Provozierend bückt sie sich in der engen Kabine, und Branzger hört sich plötzlich reden: Sie haben den Arsch der Ärsche, vergißt er sich.

Die Frau bleibt gebückt, verzögert das Aufheben der Tüte. Dann fragt sie leise: Möchten Sie ihn sehen? Richtet sich auf und blickt ihn an.

Branzger nickt.

Haben Sie denn Geld? fragt sie weiter; und er faßt sich, holt Luft, sagt mit Nachdruck: Ich habe Geld genug! Worauf die Frau den Aufzug schließt und einen Knopf bedient.

Nebeneinander stehend fahren sie hinauf. Er starr, wie im Stillgestanden, wo nichts sich rührt; sie mit Geldgier im Gesicht.

Der Lift hält, und die Frau geht voraus, sperrt eine Wohnungstür auf, lotst ihn in den Flur, sperrt wieder zu, verschwindet in ein Zimmer.

Durch einen Türspalt sieht Branzger ein Kind: wie es auf dem Teppich hockt und dort mit Resten spielt.

Seine Mutter flüstert ihm ins Ohr; es schaut in Richtung Tür, auf ihn – und scheint zu grinsen. Betroffen wendet er sich ab, grinst seinerseits heimlich.

Die Frau kommt zurück, schließt das Kind in die Stube, gibt Branzger ein Zeichen: er solle ihr folgen. In der Küche bietet sie ihm Platz an. Er setzt sich und beobachtet; sie verstaut die Lebensmittel.

Wieviel kostet es? möchte er wissen.

Die Frau legt einen Finger auf den Mund, und beide fangen an zu tuscheln.

Anschauen Hundert.
Ich hab Geld genug.
Sie können haben, was Sie wollen.
Auch was reintun hinten?
Wenn es nicht zu groß ist.
Und was kostet das?
Dreihundert mindestens.
Die künstliche Kotstange fällt ihm ein: Er muß sie immer noch in seiner Tasche haben. Branzger greift hinein, fühlt die Tüte zwischen den Scheinen, zerreißt das Papier mit den Fingern, holt das Objekt heraus und zeigt es vor.
Meinetwegen, sagt die Frau. Wenn es sauber ist und glatt. Nimmt ihm den Gegenstand ab und reinigt ihn unter der Spüle.
Dann gibt sie ihm wieder das Zeichen, geht aus der Küche, auf einen Sprung ins Bad, holt eine Kremdose, geht weiter ins Wohnzimmer und macht die Tür zu hinter Branzger, der gleich zur Schrankwand läuft und die Titel liest auf den Buchrücken.
Fünfhundert dafür, sagt die Frau und zeigt auf den künstlichen Kot. Er dreht sich um und holt das Doppelte aus seinen Taschen.
Und was bekomm ich hierfür?
Alles, was du willst.
Alles, wiederholt er, legt ab und setzt sich in den Fernsehsessel.
Möchtest du was trinken? fragt sie ihn, und jetzt bemerkt er es: daß sie ihn einfach duzt.
Nein danke, antwortet er. Ich habe keinen Durst – und verfolgt, wie sie sich auszieht: Mit einem einzigen Ruck

entblößt sie den Arsch, und er hat alles vor sich. Die Frau streicht Krem auf das Objekt.
Um es auszuhalten, denkt er an Bescherung; an ein Fest.

Endlich, zwischen den Schenkeln hindurch, reicht sie ihm wortlos das Ding, bückt sich tief und zieht die Backen auseinander, so, als wisse sie, worum es geht, und Branzger schiebt die Hand in ihre Falte. Er spürt den Unterschied von einer Haut zur anderen, erinnert sich – und denkt darüber: wie ich mein Unwesen treibe . . ., nimmt es ihr ab und führt es ein – und muß in diesem Fall sich sagen: in ein Grab hinunter . . .

Die Frau gibt keinen Ton von sich; er taumelt eine Weile.

Dann zieht er es auf einmal raus, und alles steht ihm einen Augenblick lang offen: sein Blick fällt in ein leeres Loch; und er schaut hin und weg, wieder und wieder.

Etwas später macht er seinen linken Zeigefinger feucht und schiebt ihn voll hinein – und der Bilderfluß, der unterbrochen war, geht weiter: Eine Landschaft mit Hügeln passiert ihn; Flächen von hellgrünem Schilf, die einen warmen See umschließen, in den ein Holzsteg führt, mit duftenden Bohlen, auf dem er sitzt, unter einem weißen Himmel, in der völligen Ruhe des Mittags . . ., und darüber kommt er wieder zu sich, untersucht die Zeigefingerspitze und entdeckt, unter seinem

Nagel, einen kleinen, braunen Rest; eine winzige Spur von Organischem.

Die Frau richtet sich auf, faßt sich ins Kreuz, geht aus dem Zimmer, und eine Trägheit überfällt ihn, vermischt mit unsagbaren Wünschen. Benommen sitzt er da und stiert auf Gegenstände, die sich überlagern, wenn er an sie denkt: Topfkissen und Sofapflanzen – Plüschkalender und Alpentiere –; zudem, vor ihm auf dem Boden, wie ein Witz, die künstliche Kotstange – gleichzeitig mit einem Rauschen aus dem Bad. Er steckt sie wieder ein, zu dem Brief mit dem Artikel, hört dann Schritte, steht auf und kneift sich.

Vergessen Sie nichts, sagt die Frau von draußen, und er verbirgt seinen Finger.

Sie kommt ihm entgegen, bringt ihn zur Tür.

In der Enge des Flurs eine plötzliche Nähe; zum ersten Mal sieht er ganz ihr Gesicht.

Wollen Sie meine Nummer? fragt sie ihn, aber Branzger blickt auf ihr Kinn: auf einen kleinen, reifen Pickel – und deutet auf die gleiche Stelle in seinem eigenen Gesicht.

Ich habe einen Pickel hier, verspricht er sich – merkt es, dreht sich um und flieht.

Sie können mich jederzeit besuchen! ruft sie ihm nach.

Ich wohne ganz woanders! ruft er zurück, läuft vierzehn Etagen hinunter, hinaus auf die Straße, winkt einem Taxi, sagt dem Fahrer: In die Innenstadt.

An einer Buchhandlung läßt er sich absetzen.

Er geht in den Laden, bleibt bei den Gesamtausgaben stehen, greift sich den Defoe und blättert im Robinson Crusoe.

Eine Verkäuferin spricht ihn an: Kann ich Ihnen helfen?
Neinnein, murmelt er, und sie wendet sich ab, tippelt davon, vor seinen Augen, mit zitterndem Gesäßfett.

Branzger beschädigt das Buch und muß weg.

Kurz vor der Tür faßt ihn jemand am Ärmel.
Sie haben nicht bezahlt! empört sich die Verkäuferin, und wieder entfahren ihm Worte: Alles am Arsch, sagt er dem Mädchen ins Gesicht; alles . . . Und während sie, verblüfft von der Entgegnung, einfach stehenbleibt, rennt Branzger mit dem unbezahlten Buch in Richtung Hauptbahnhof.

In der Halle reiht er sich vor einem Auslandsschalter ein, ringt nach Luft und wartet.

Wohin? fragt plötzlich der Beamte.
Nach Salo bei Verona bitte.
Der Mann hinter der Scheibe sieht in den Fahrplan, und er holt Geld aus seinen Taschen.

Da fährt die Bahn nicht hin, sagt der Beamte.
Aber es gibt doch den Ort!
Sie müssen nach Verona.
Und dann?
Wahrscheinlich mit dem Bus.
Wann fährt der nächste Zug?
Um siebzehn Uhr fünfzehn nach München. Dort müssen Sie umsteigen. Weiter um dreiundzwanzig Uhr neun.

Und um sechs Uhr früh sind Sie schon in Verona.
Wieso schon?
Weil es ein Schnellzug ist. Wollen Sie eine Karte, oder nein?
Branzger nickt und macht sich Gedanken: Ob es in der Gegend wärmer ist als hier? Und womöglich billiger . . .
Fünfundneunzig.
Er gibt einen Hunderter, bekommt die Karte und das Restgeld – geht, besorgt ein Schreibheft, setzt sich in das Bahnhofsrestaurant und beginnt zu schreiben: Ich sitze und schlage die Zeit tot. In zwei Stunden fährt mein Zug, über München nach Verona.
Branzger fügt noch einiges hinzu, in seiner besonderen Schreibweise; Erklärungen vor allem. Zahlt schließlich, läuft auf den Bahnsteig, steigt in den vorletzten Wagen und sucht sich einen Fensterplatz.

Dann fährt der Zug und er mit ihm.

Auf seinen Knien ein leeres Blatt, denkt er zunächst darüber nach, was er erleben könnte, verlegt sich zwischenzeitlich auf Beobachtung und macht sich erst später Notizen.

Mit mir im Abteil zwei alte Damen und ein scheues Kind. Das Kind liest Heftchen ohne Unterbrechung. Die beiden Damen schauen herüber; fehlt noch, daß sie mich was fragen! Abgesehen davon, bin ich zufrieden; ich könnte ja den Sitzplatz wechseln. Das liegt in meiner Hand.
Bis auf diese Reise widerfährt mir nichts.

Nach einer Weile fängt er an zu dösen, und Worte und Gedankenteile ziehen durch seinen Kopf ... Er auf der Flucht zum Hauptbahnhof ... zum Hofbahnhaupt ... zum Kopfbahnhof ..., gesucht als Augenzeuge eines Diebstahls, aufgrund von Augenzeugung, wie es heißt... von Augen, die aus Scheiden kullern ... sich spalten und zu Echsen werden, die sich wieder spalten ... zu gespaltenen Echsistenzen ...
An dieser Stelle wacht er auf, schaut sich um – und schreibt: Jetzt hat er mich versehentlich berührt. Die beiden Damen bitten um Verzeihung. Sie packen Obst und Brote aus und reichen mir einen Apfel. Das Kind holt einen Block mit Pauspapier und paust aus einem Heft ein Monster ab.

Er muß die Polizei anrufen, fällt ihm ein.

Ich esse (verzehre!) den Apfel, und so verstreicht die Zeit bis München.

Eineinhalb Stunden muß er sich aufhalten hier. Branzger geht in eine Zelle, kramt nach Kleingeld, stößt auf den Brief und den künstlichen Kot. Beides legt er neben sich, wirft Münzen ein und wählt dann Null Sechs Elf / Eins Eins Null.

Notruf, sagt eine Stimme, woraufhin er seine Meldung macht: die Adresse nennt und angibt, daß dort ein Verwester sei – und einhängt, ehe man ihm Fragen stellen kann. Er nimmt den Brief zusammen mit dem Objekt, geht zur Bahnhofspost und holt sich Marken. Frankiert den Umschlag, öffnet einen Einwurfschlitz, schaut, ob niemand guckt – schiebt zuerst den Brief hinein mit dem Artikel und dann, mit einem kleinen Schubs, die Kotwurst hinterher.

Etwas später, nach einem halben Brathuhn mit Salat, läuft er auf und ab und macht dabei Notizen.
An der Rückwand der Bahnhofshalle, in großen, blauen Buchstaben: P ULANER BRÄU. Unter diesem Zeichen, an langen Tresen, Männer, die Bier trinken; unter diesen Männern, allem Anschein nach, bayrische Originale.
Auf dem Weg zum Bahnsteig passiert er einen Zeitungsstand, liest MORO auf den Titelseiten, kauft sich ein Exemplar, überfliegt das Fettgedruckte.
Und auf einmal ein Gefühl wie Glück: Die Gewißheit, in ein Land zu fahren, auf das sich gegenwärtig alle Blicke konzentrieren.
Der Zug trifft ein; er sucht sich wieder einen Fensterplatz.
Außer ihm jetzt nur ein Reisender im Abteil, versunken in Schlaf. Branzger hingegen wach: vor sich das beschädigte Buch und über sich das Leselämpchen an. So sitzt er und blättert im Robinson und möchte etwas ganz Bestimmtes finden.

Harmloser Verlauf der österreichischen Grenzkontrolle.
Er zeigt den Ausweis mit dem Eigennamen, Helmuth Hopp; der Zöllner fragt ihn nach Gepäck.
Ich habe kein Gepäck, sagt Branzger, und damit ist es gut.

In Verona wird er sich einen Koffer besorgen ... vielleicht auch einen Schlafanzug ..., um nicht mit leeren Händen anzukommen, denkt er – macht es sich in seinem Sitz bequem und schreibt noch ein paar Zeilen.
Der Mann, der mit mir fährt, hat eine gelbe Haut und atmet kaum. Nur das Auf und Ab des Adamsapfels kann als Lebenszeichen gelten. Sein linkes Auge (von mir aus gesehen) steht ein Stückchen offen – und das, obwohl er gar nicht wach ist.

Tief in der Nacht die italienische Grenze. Ein beinahe lautloser Vorgang; Schlafende bleiben unbehelligt. Danach geht Branzger in den Waschraum und befriedigt sich.
Als er zurückkommt ins Abteil, schaut der Mann in ein Büchlein, liest und bewegt dazu die Lippen, so, als wollte er verführen. Macht leise, obszöne Geräusche, dadurch, daß sein Speichel zwischen den Schleimhäuten reißt.
Unauffällig sieht er eine Zeitlang hin, sieht dann in eine andere Richtung – und redet auf einmal ... Mein Nachbar wurde nicht beerdigt meinetwegen ..., erst nach Wochen ..., gesteht er dem Mann, der ihn anblickt und lacht. O, non capisco, non parlo tedesco, nichts deutsch ...
Branzger nickt, sagt: Buona notte! und der andere zu ihm: Gute Nacht!
Dann herrscht wieder Schweigen. Er schläft ein, und Träume folgen aufeinander in den Farben grau und rosa.

Starkes Pißverlangen macht ihn munter, und er schaut: Im ersten Morgenlicht erkennt man die Berge. An den Spitzen noch weiß, zeichnen sie sich ab gegen den dunkleren Himmel.
Er geht zum Klo, vorbei an einem offenen Fenster: Die Luft ist wärmer als zu Hause.

Kurz darauf, wieder an seinem Platz, notiert er sich: Nun kann man schon die Häuser unterscheiden: rötliches Braun von Ocker, dazwischen welche aus Naturstein und ab und zu ein campanile.
Der Geistliche erwacht.
Buon giorno! sagt er, und Branzger wiederholt den Wunsch – denkt an etwas Schönes und schreibt weiter . . . Jetzt sieht man die Olivenbäume längs der Bahn. Die Berge flachen langsam ab; statt dessen Hügel mit Zypressen, wie Hahnenkämme. Im Fenster eines Hauses Sonnenspiegelung . . .; irisierend, wenn er sich nicht täuscht . . . – oder nur Gefallen daran findet, dieses Wort zu schreiben.
Gleichzeitig, aus der Ecke, die bekannten Geräusche: reißender Speichel zwischen den Lippen des Mannes, der in seinem Büchlein liest. Branzger schielt hinüber, für einen Augenblick, ehe er notiert: Der Mitreisende betet zu Gott.

Dann die Vorstädte, mit proletarischer Geschäftigkeit und allem, was man im Vorbeifahren nicht sieht.
Der Mann beendet sein Gebet und ruft: Verona!
Bald darauf hält der Zug.
Branzger sagt: A rivederci! und der andere gibt den Gruß zurück.

Bei einem Schalter erkundigt er sich nach dem Bus; Salo? fragt er den Beamten, der ihn sofort verbessert: Salau! – und dabei auf eine Karte deutet, wo der Ort, am südwestlichen Zipfel des Gardasees, mit einem Häkchen überm O geschrieben steht.
Salau! wiederholt der Einheimische, und damit ist es klar: das O spielt keine Rolle.
Der Beamte weist ihm die Richtung zum Bus, und Branzger bedankt sich, verläßt den Bahnhof und denkt: *So eine Scheiße* – Vertritt sich die Füße und zögert eine Weile; nähert sich unterdessen einer Übersichtstafel – ist auf einmal entschieden und sucht nach einem anderen Ort: am gegenüberliegenden Ufer, mit gutem Blick nach drüben, auf das entfallene Salò. Er fährt die ganze Gegend mit dem Finger ab, bis er es gefunden hat – läuft dann zu den Bussen und fragt: Quando parte il autobus per Torri del Benaco? Ogni ora, sagt man ihm; zu jeder vollen Stunde.

Branzger bummelt über den Vorplatz, zu einer Frühstücksbar, trinkt einen capuccino und ißt dazu zwei Stückchen. Bezahlt mit deutschem Geld, anstandslos, geht erst danach in eine Bank und wechselt reichlich. Und zieht dann los, um zu verschwenden.
Vor einem ausgefallenen Herrenladen bleibt er stehen, verliebt sich in eine todschicke Tasche, betritt das Geschäft, kauft sie sich – und, dazu passend, einen extravaganten Pyjama.
Mit sich selber zufrieden schlendert er zurück zur Busstation, auf Umwegen. Unter Colonnaden; vorbei an Auslagen, in denen schon sommerliche Anzüge liegen,

neben sündhaft teuren Hemden; die kleine Kragenform hat Renaissance, und an allen Ecken Zeitungsjungen mit den neusten Meldungen: Die Ereignisse, so scheint es, überschlagen sich.

Gegen Mittag nimmt Branzger den Bus. Sitzt während der ganzen Fahrt am Fenster und schaut auf alles, was vorüberzieht; erlebt die Illusion des Flusses, hervorgerufen durch das Unterwegssein, gabelt auf und schreibt: Vorbeigezogen eben ... vier alte Männer und ein Esel ... eine kleine Kraftfahrzeugwerkstatt ... erste Blicke auf den See im Dunst ... ein blühender Busch ... Campingbedarf ... und immer wieder Glockenbäume und Oliventürme.

Die Nasenspitze juckt ihn, und er kratzt sich. Unter dem Zeigefingernagel, wie es aussieht, unverändert eine Spur vom Rest. Genug für eine Analyse.

Dann, am frühen Nachmittag, bei Windstille die Ankunft in Torri; nichts bewegt sich draußen. Er steigt aus dem Bus und hat einen Einfall: In Torri, schreibt er, herrscht völlige Stille.
Al lago? fragt er ein Kind, und es macht ihm ein Zeichen. Branzger weiß nicht, was es mitteilen wollte; er läuft einfach los, seiner Stille entgegen, und jedes Geräusch läßt ihn horchen. Was er vernimmt, sind die Schritte von anderen. Manchmal auch Stimmen, aber gedämpft.
Und je näher er dem Ufer kommt, ein deutlicher werdendes, leises Klatschen. Vermutlich, wenn springende

Fische wieder eintauchen in die Oberfläche des Wassers.
Nach der nächsten Biegung plötzlich der See: in der Farbe des Himmels und spiegelglatt. Nicht zu erkennen: die andere Seite.
Er geht auf den Landungssteg hinaus, bis an den äußersten Rand, stellt seine neue Tasche ab und schaut den Fischen eine Zeitlang zu, als einziger dort.
Etwas Bekanntes spielt sich hier ab. Eine Art von wiederholter Wiederholung, notiert er in sein Heft; denn abgeschirmt, wie unter einer Kuppel, scheint man in Torri zu schlafen, ganz gelöst von Tageszeiten. Wenn er es nicht wüßte – er könnte schwerlich schätzen, wieviel Uhr es ist – geht zurück zur Promenade und am Ufer weiter, entlang des lungolago unter kahlen Bäumen.
Jemand ruft einen Namen. Das ist alles, was auf diesem Weg passiert. Wie in einem Halbschlaf, schreibt er auf; . . . nicht einer Form des Todes, sondern der Abwesenheit.
Nirgends zum Beispiel ein Vogel. Und selbst die weißgrauen Katzen auf den Mauern: da – und nicht da.

Branzger sucht ein Hotel.
Albergo Ristorante Calcinardi, liest er an einer Hauswand und sieht es sich an: dreistöckiges Gebäude, Balkone mit Seeblick; an guten Tagen sicher bis nach drüben.
Er geht hinein, durch einen Gang, der in die Küche führt, wo eine Frau in einer Kittelschürze sitzt und Fisch zerlegt. Neben ihr in einem Korb ein Säugling. Camere? erkundigt sich Branzger, und die Frau antwortet in seiner Sprache; fast alles sei frei, er habe die Wahl.

Der Säugling fängt an zu schreien: trauert lauthals, bis die Frau ihn drückt.
Das mittlere Zimmer bitte, im dritten Stock, sagt er zu ihr, und sie lacht, geht mit dem Kind im Arm voraus und weist ihn über Treppen in einen großen Raum mit hellen Wänden, öffnet die Balkontür, – und Branzger schaut hinüber. Sieht rechts, im Norden, noch schneebedeckte Berge oberhalb des anderen Ufers – und links, wo sich der See verbreitert, gegen Süden, einen Abfall des Gebirges – und dort von dem, was gegenüberliegt, nicht einmal eine Spur.
Nichts gut zu sehen, sagt die Frau; und er beschließt, ein Fernglas anzuschaffen – bedankt sich bei ihr, und sie läßt ihn alleine.
Nachdem er sich eingeschlossen hat, packt er den extravaganten Schlafanzug aus und drapiert ihn auf dem Bett, wäscht sich anschließend das Gesicht und blickt sich um. An der Wand, auf einem Täfelchen, ein kurzer Spruch: che sarà sarà. Auf dem Fußboden, in der Nähe der Balkontür, ein großes Insekt. Er tötet das Insekt und legt sich hin, zieht die Hosen runter und fingert am Geschlechtsteil; denkt dabei nach, woher er diesen Spruch kennt, und befriedigt sich mühelos selber.
Mit einem Taschentuch, das er bereitgehalten hat, saugt er den kleinen Spermasee in seinem Nabel auf. Danach schläft er ein; schläft und träumt von einem unbeschreiblichen Traum und wird darüber wach.
Noch halb betört kriecht er aus dem Bett, erfrischt sich und verläßt das Zimmer. Läuft hinunter und fragt nach der Zeit, denn alles scheint ihm möglich: früher Abend, früher Morgen oder mitten in der Nacht.

Halb sieben! ruft ihm die Frau zu, und er geht in den Ort, um den Ort zu ergründen, mit seinem Schreibheft in der Hand.

Mehr Menschen in den Straßen als am Nachmittag, aber immer noch die gleiche Stille . . . wie eine lüsterne Verschwiegenheit.
Das Tageslicht fast unverändert, so, als ob es künstlich sei.
Alle Läden geöffnet, vor den Eingängen die Inhaber, Ausschau haltend.
Verhältnismäßig viele Frisörgeschäfte. Doch in jedem nur ein Kunde, als sei es abgemacht in dieser Form. Über einer Tür ein Schild: trattoria al – und im Anschluß ein Zeichen für Huhn. Branzger tritt ein, setzt sich zwischen unbeschäftigte Männer, trinkt einen Amaretto; und bezahlt und zieht weiter, vorbei an Ausgestelltem, das sich wiederholt: grelle Tücher und Angelgerät, Kinderkram und Reiseführer. Weit und breit nichts Neues . . . überall nur mehr desgleichen . . . So jedenfalls notiert er sich den Sachverhalt vor seinem Rückweg zum Hotel.

Dort angekommen, geht er in den Speisesaal und trifft auf eine Dame. Sie sitzt in einer Ecke, überblickt den ganzen Raum; er kann ihr nicht entgehen.
Branzger sagt: Buona sera – und die Dame, mit peinlichem Akzent wie er, wiederholt den fremden Gruß, überschwenglich, als habe sie auf ihn, den anderen Gast, gewartet.
Er nimmt sich einen Platz in der Ecke gegenüber, mit

Front zu ihr. Greift nach der Karte und starrt, um seinerseits nicht heimlich angestarrt zu werden, verstohlen über den Rand. Sie hat etwas Frivoles für ihn; wie sie dasitzt in ihrem weißen, ärmellosen Kleid, aus dem die Arme drängen ... nicht gerade fett, aber fleischig, schreibt er in sein Heft; mit geilen Falten in den Beugen.
Eben trinkt sie einen Schluck. Tupft sich danach sofort den Mund, wie eine Wunde.
Die Frau erscheint und fragt nach seinen Wünschen. Branzger entscheidet sich rasch: tortellini alla panna, trota lessa mit grünem Salat, als Nachtisch coppa gelato und zu trinken einen halben Liter rot.
Sie lacht und geht.
Die Dame lobt das Essen; kommentiert seine Wahl – während er mit einem Fingernagel Zeichen in das Tischtuch drückt: Andeutungen von Gebirge als Horizont vor einer leeren Fläche, und über allem schwebend, in einem imaginären Himmel, ein O.

Die Vorspeise wird gebracht. Gierig schlingt er sie hinunter. Die Dame wünscht ihm Appetit.
Anschließend, zwischen Tortellinis und Forelle, sein Entschluß, sie nachher anzurufen.
Branzger schaut wieder rüber, in einem günstigen Moment – und muß an eine Puffmutter denken. Und das, obwohl er gar keine Puffmutter kennt.

Gedankenverloren sieht er auf einmal das Hauptgericht vor sich, gleitet aus auf dem Wort, verhaspelt sich und träumt für einen Augenblick ... Er, unter einem

Fallbeil, sich selber köpfend ... beim Hauptgericht, gleich mehrmals hintereinander ...
Sekundenbruchteile später zerkleinert er den toten Fisch mit Wollust, legt Kopf und Schwanz beiseite und stellt sich vor, wie er den Abfall auf den Tisch der Dame schleudert.
Die Frau bringt frischen Wein.
Kann ich hier ein Ferngespräch führen? fragt er, und sie sagt: Natürlich.
Jetzt gönnt er sich mehr Zeit zum Essen, holt die Bäckchen hinter den Kiemen hervor und läßt sie sich, bei geöffnetem Mund, wie Oblaten auf der Zunge zergehen – die eigene Andacht genießend. Woraufhin die Dame ihren Kopf hebt und ihn anstarrt. Sie starrt her, und er starrt hin, und seine Zungenspitze zittert.
Dann erhebt sie sich und geht.

Nach dem Essen fühlt sich Branzger müde, zu müde, um sie anzurufen. Er trinkt aus und läuft ans Wasser, schlendert auf den Landungssteg und atmet kühle Nachtluft. Außer ihm dort nur ein Junge, der an der Kante steht und angelt, in kurzen Hosen, mit Beinen wie Säulen, auf dem Kopf eine Rennfahrerkappe.
Ein kleines, dickes Schwein, denkt Branzger; einer, der in der Schule nicht abspicken läßt – und malt sich aus, ihn ins Wasser zu schubsen: wie er kreischen würde und danach versacken, einfach so.
Seine Angel in beiden Händen, beobachtet der Junge einen Fetzen Papier, der um die Schnur gewickelt ist, die dadurch ohne Spannung hängt, zwischen zwei Ösen der Rute.

Er stellt sich neben ihn und blickt ihm ins Profil, genau in sein linkes, aufgesperrtes Knopfauge – und macht ihn damit so nervös, daß er anfängt zu sprechen. Wenn einer beißt, dann zuckt es ... aber um die Zeit beißen sie noch nicht ... erst zu Pfingsten, in der Laichzeit ...
Der Junge sieht ihn an, für einen Moment, und Branzger meint ein Grinsen wahrzunehmen, ein leichtes, nicht zu beweisendes Feixen; eine heimliche Freude darüber womöglich, ihn in irgendeiner Form geleimt zu haben.
Warum stehst du hier, wenn man nichts fängt?

Vielleicht beißen sie ja doch, antwortet der Junge, wieder mit diesem Grienen um den Mund, als ob er ihn verarschen wollte.
Branzger dreht sich um, möchte seine Verstörung beschreiben, findet keine Worte; fühlt sich auch eigentlich nicht verstört – und wirft das Schreibheft ins Wasser. Läuft dann, in dem Erleben seiner Bodenlosigkeit, welches er nach und nach mit Wutempfindungen vertauscht, bis zur Spitze des Steges und schaut: Weit, weit, auf der anderen Seite, glaubt er Lichter zu erkennen, die ersten Zeichen von Salò; beugt sich, auf einmal ganz besessen von dem Wunsch nach Liebe, vor, gibt seinem Anspruch restlos nach – und verliert das Gleichgewicht: alles gleitet unter ihm davon, Halt um Halt, und nahezu geräuschlos fällt er vom Steg und stürzt in das eiskalte Wasser.

Branzger mag nicht laut um Hilfe schreien. Vier Minuten, heißt es, soll man die Kälte ertragen. Doch das gilt wohl nur für arktische Gewässer, denkt er sich und sucht nach einem Vorsprung. Aber der Steg ist zu hoch. Er kann die Kante nicht erreichen, muß also bis zum Ufer schwimmen, hundert Meter vielleicht oder mehr; genug für einen Herzschlag – und anstatt Hilfe! brüllt er Katastrophe! in die Nacht, zweimal.

Kurz darauf, oberhalb von ihm, die Dame und der Junge, in seinen Händen einen Rettungsring.
Wirf ihn runter, sonst ertrinkt der Mann! hört er sie rufen und sperrt die Augen weit auf: sieht die unförmige Erscheinung, wie sie da oben steht – und den Ring, ungeschickt, was zu erwarten war, daneben schmeißt, so daß er ihn sich holen muß.
Nachdem Branzger den Reifen erreicht hat, paddelt er, etwas unbeweglich schon vor Kälte, wieder dicht heran, sucht noch einmal einen Halt, krallt seine Finger in glitschige Ritzen, rutscht ab, fällt zurück.
Die Dame schlägt die Hände vor den Mund; sie zögert ... und wagt schließlich einen Versuch: Mit ihrem weißen Kleid legt sie sich flach auf die schmutzigen Planken und streckt ihm die Arme entgegen. Branzger bäumt sich auf, packt zu und zieht. Sein Gewicht zerrt sie nach vorne, ihre Brüste scheuern am Holz – und sie schreit.
Setz dich auf meinen Po! schreit sie den Jungen an, der ihr artig folgt, auf dem Hinterteil der Dame Platz nimmt und zu ihm hinunter stiert.
Zeit vergeht.
Dann stemmt sich Branzger ab und zieht mit letzten Kräften unablässig, kriegt den rettenden Vorsprung zu fassen, hält sich und beginnt einen Klimmzug. Bewegt

sich langsam aufwärts, von der Dame an den Achseln gestützt, und blickt nach oben: in die Augen des Jungen, welcher immer noch, völlig grundlos inzwischen, großartig auf dem Arsch der Mutter thront; denn das steht für ihn fest: Sie ist mit Sicherheit die Mutter, und ein kurzer Film passiert ihn ... Er, mit seinem grünen Bleistiftstummel, den er in einen weichen Erdspalt schiebt... Zentimeter um Zentimeter ... Bis er es geschafft hat: einer Ohnmacht nahe kippt Branzger vornüber, und sie schleifen ihn in Sicherheit.

Etwas später heben ihn Hinzugekommene auf und tragen ihn zum Hotel. Dort bringt man ihn in sein Zimmer, und er verfolgt das Geschehen: sieht Hände, die ihn entkleiden, und hört den Klang des Wortes mèdico ...
hat das Gefühl der heißen Dusche ...
spürt den Tee in seinem Mund ...
eine Decke über seinem Körper ...
Nähe und Entfernung ...
den Geruch von Zimt ...
Danach Versacken in die Dunkelheit, wie ein Sturz.

Einmal, tief in der Nacht, öffnet Branzger die Augen, davon überzeugt, daß er krank wird. Sie anzurufen geht ihm dabei durch den Kopf, sie zu sprechen und von ihr zu hören – und wieder das Versacken in den Schlaf, in einen Alptraum von verlorenem Geld.

Nach dem Erwachen faßt er gleich an die Stirn und schaut dann auf die Spitzen seiner Finger, als ließe sich so das Fieber erkennen. Unter dem Zeigefingernagel, wie es aussieht, immer noch die Spur vom Rest, dieses kleine, braune Mal. Er betrachtet es von nahem – und denkt auf einmal an sein Geld. Branzger steht auf, findet seine Kleider vor, auf einem Wäschetrockner ausgebreitet, greift in alle Taschen und fühlt sie: die feuchten, aber vorhandenen Scheine. Überglücklich macht er die Balkontür auf, tritt hinaus und blickt hinüber. Auf der anderen Seite, jetzt so deutlich wie gestochene Schrift, die Silhouette von Salò!

Mit einem guten Fernglas, denkt er, käme ich noch weiter ran – geht zurück ins Zimmer, steigt in die eingelaufene Hose, behält das Oberteil vom Schlafanzug, zieht die Jacke einfach drüber und stakt in nassen Schuhen nach unten.

Im Speisesaal, gerade gefrühstückt, die Dame in einem frischen Kleid und daneben, mit seiner Rennfahrerkappe auf dem Kopf, ihr unförmiger Sohn.

Guten Morgen! ruft sie lebhaft, und der Junge grinst ihn einen Augenblick lang schamlos an.

Branzger verbeugt sich, dankt für die Rettung.

Die Dame tupft sich ihren Mund und macht eine Geste. Es hat mich ein Kleid gekostet, meint sie, und er schlägt vor, die Rechnung zu bezahlen. Doch sie winkt ab und redet ihm dazwischen.

Das Kleid ist völlig ruiniert!

Jetzt spürt er seine Wangen, spürt das Fieber. Er bietet ihr Ersatz, erkundigt sich nach einer Summe, und wieder fällt sie ihm ins Wort.

Mein Herr – und dieses Herr unüberhörbar spöttisch – Sie haben mein Mißfallen erregt, o ja. Ich brauche nicht Ihr Geld. Ich verlange nur Manieren! Und er glaubt,

während sie sich weiter anmaßt, die Spitze ihrer Zunge zu erkennen: wie sie blitzschnell entlang der Unterlippe schleckt; womöglich, um ihn an den Bäckchenvorfall zu erinnern.
Der Junge, der die Mutter nachäfft, lenkt ihn ab: Er führt sich die Serviette an den Mund, tarnt raffiniert sein Grinsen.
Jawohl, gnädige Frau, erwidert Branzger, dreht sich um und flüchtet.

Wie es ihm gehe, fragt die Frau in der Küche, und nachdem er sie befriedigt hat, kommt er endlich zum Telefonieren. Er verzieht sich in eine Nische und denkt. Legt sich seinen ersten Satz zurecht und wählt dann ihre Nummer aus dem Kopf.

Ja?
Ich bin am Gardasee, mutterseelenalleine, in einem Hotel direkt am Wasser.
Und warum?
Ich bin dort hingefahren.
Wolltest du verreisen?
Verreisen?
Oder was wolltest du?
Weg . . . Hin und wieder fahr ich doch mal weg.
Hast du die Polizei gerufen?
Hab ich.
(kurzes Schweigen)
Gestern wär ich fast ertrunken.
(kurzes Schweigen)
Ich bin in den See gefallen.

Ja?!
Und hab mich erkältet. Ich bin krank.
Hast du Fieber?
Neununddreißig vier.
Ich glaub dir nicht.
Das Wasser war eisig.
Kein Sterbenswörtchen.
Es ist wahr!
(kurzes Schweigen)
Ich hab was geschrieben.
Ja?
Unterwegs ein bißchen. Spartanische Notizen, überwiegend.
Ja.
Und sie dann weggeworfen. Auch ins Wasser.
(kurzes Schweigen)
Und warum?
Ich weiß nicht, wofür . . . ich weiß nicht wogegen . . .
(kurzes Schweigen)
Das gibt es nicht. Hast du die andere Geschichte?
Die hab ich gemacht. Die hab ich im Kopf. Ich kann sie wiederholen, willst du?
(kurzes Schweigen)
Ist das Wetter dort schön?
Die Sonne scheint.
Blühen schon die Bäume?
Du, die Bäume . . .
Wieso bist du überhaupt ins Wasser gefallen?
Ich weiß es nicht. Aus Fahrlässigkeit!
Ist das eine Erklärung?
Das ist ein Wort.
(langes Schweigen)

Hast du Geld?
Ich hab alles dabei.
Dann werd ich dich besuchen.
Du mich . . .
Es muß nicht sein.
O mein Gott!
Was heißt das?
Das heißt gar nichts.
(kurzes Schweigen)
Wo bist du genau?
Ich? Jetzt?
Wo du dich aufhältst genau.
Sehr entlegen. In Torri del Benaco, Hotel Calcinardi.
Fährst du mit dem Zug bis Verona und von dort mit dem Bus.
Morgen bin ich da.
(kurzes Schweigen)
Wie ich dich liebgewinne . . .
Es hat mit dir nichts zu tun.
Bist du sicher?
Es bedeutet Gott sei Dank nichts.
(kurzes Schweigen)
Alsdann . . .
Du, ich wollte dir noch was erzählen. Eine neue Idee, magst du?
Eine Idee für ein Theaterstück. Paß auf! Irgendwo in einer menschenleeren Gegend hat sich ein tiefer Erdspalt aufgetan. Ein Anziehungspunkt, neben dem ein Vergnügungskomplex entsteht – das Erodrom. Dort treffen sich Zerstreuungsuchende, mit dem Spalt als Vorwand, und versprechen sich vollkommenes Glück.

Aber, und das ist der Witz, die Erde schließt sich langsam wieder, von Beginn des Stückes an, und der Genuß verliert allmählich an Begründung. Das Erodrom verödet. Die Angestellten fallen in Onanie.
(kurzes Schweigen)
Eine komische Geschichte.
Ein Lustspiel!
Ein Trauerspiel!
(kurzes Schweigen)
Schreibst du das?
(kurzes Schweigen)
Ich weiß nicht. Weißt du, mich widern diese Spezialisten an, die sich plötzlich literarisch versuchen.
(kurzes Schweigen)
Wartest du auf mich?
Sicher.
Alsdann!
Sie legt auf, und Branzger bezahlt das Gespräch. Er spürt inzwischen deutlich Fieber, denkt an den Tod und verläßt das Hotel. Schleppt sich durch den Ort, die Hauptstraße entlang, sieht vor jedem Laden Menschen bei gedämpftem Palaver und auf den Mauern die weißgrauen Katzen.

Nachdem er sich ein Fernglas gekauft hat, läuft er zurück und fragt die Frau nach einem Arzt; sie telefoniert für ihn und sagt: Der mèdico wird kommen heute nachmittag – und er steckt ihr einen Schein zu. Berührt den Säugling an der Nase, geht die Treppen hoch, ins Zimmer, sofort auf den Balkon und schaut durch sein Glas: Dunst liegt wieder auf dem See; das andere Ufer ist verschwunden.

Enttäuscht schließt er die Augen und wird auf etwas anderes aufmerksam: Aus dem Zimmer nebenan die Stimme der Dame. Wie es scheint, erregt; beinahe schon überlebhaft!
Nicht so fest! hört er sie rufen. Nicht so gefühllos! Zärtlicher!
Branzger beugt sich hinüber – und erblickt das Wichtigste durch einen Vorhangspalt: Sie, den Unterrock hochgestreift, auf der Kante des Bettes, mit angezogenen Beinen – und er, vor ihr auf dem Boden knieend, nackt, im Probieren begriffen; fast schon wieder ein Gag! Das Fernglas, fällt ihm ein.
Er späht hindurch, korrigiert die Tiefenschärfe, und alle Einzelheiten liegen vor ihm: Das aufgerissene Auge des Jungen, wie es in das dunkle Durcheinander starrt; seine runden, hellen Finger, wie sie die Schleimhäute aufhalten; die kleine, ungenutzte Erektion, wie sie hervorlugt unter dem Bauchwulst.
Es ist eine Made, denkt Branzger, eine menschenähnliche Made – sieht jetzt, wie er seinen Kopf hebt und nach Luft schnappt, während sich die Mutter an den Hinterbeinen kratzt, allmählich ungeduldig wird, ihre Hände nach ihm streckt.
Dann packt sie ihren Sohn auf einmal bei den Haaren und drückt sich seinen Mund auf ihr Geschlecht; nötigt die Made, es zu kosen, beißt sich die Unterlippe und scheint glücklich.

Ein paar Minuten später setzt er das Fernglas ab, geht in sein Zimmer und legt sich ins Bett, schläft ein und sieht im Traum, was er zuvor gesehen hat noch einmal, doch verkehrt: Sie leckt ihn ... und er ist sie ... und sie ist er ...

Gegen fünf Uhr kommt der Arzt und gibt ihm eine Spritze in den Po.
Und zum Abendessen müht er sich hinunter.

In ihrer Ecke, bei Wein und Limonade, die Dame und ihr Sohn, mit hochrotem Kopf.
Wie geht es Ihnen? fragt sie laut, woraufhin Branzger danke sagt.
Wenn Sie sich zu uns setzen möchten ..., schlägt sie vor und macht eine zweideutige Geste; freundlich und aufmerksam gegen ihn.
Wenn es Sie nicht stört ...
Wenn Sie sich benehmen ...
Ich werde mich zusammenreißen, verspricht er und setzt sich dem Jungen vis-à-vis.
Das ist Paolo! Mein Mündel sozusagen. Der Sohn von verstorbenen Freunden.
Branzger blickt ihn an, und die Made blickt zurück.
Sie sind nicht seine Mutter?
Um Himmels Willen, nein. Und er darf mich so auch nicht nennen. Das wäre doch geschmacklos, ausgesprochen ...
Und plötzlich wieder diese Bodenlosigkeit, wie gestern auf dem Landungssteg: Sein Appetit ist weg, der Kopf tut ihm weh. Glücklos sitzt er da und will zurück ins Bett.
Sie müssen irgend etwas essen, hört er die Stimme der Dame. Wenigstens eine Gemüsesuppe!

Die Frau bringt dem Jungen einen Teller mit Fleisch und fragt nach seinen Wünschen.
Ich möchte nichts, sagt er.
Gar nichts? versichert sich die Frau, und die Dame bestellt ihm eine minestrone, lobt das Gericht vorab, schneidet das Fleisch ihres Mündels in Häppchen und redet über es her.
Er ist zu dick, nicht wahr?
Obwohl ich darauf achte, was er ißt.
Was glauben Sie?
Ob er heimlich nascht?
Nun kann er sich rächen, denkt Branzger. Für dieses Grinsen und den Rettungsreifen, der daneben ging.
Es sieht so aus, antwortet er.
Er nascht bestimmt.
Und fügt hinzu: Wahrscheinlich hat er schlechte Zähne.
Er hat schlechte Zähne! ruft die Dame. Stimmts?
Zeig uns mal deine Zähne.
Die Made öffnet den Mund. Speisebrei versperrt die Sicht.
Schluck es herunter! fährt sie ihn an, und nachdem er geschluckt und nachgespült hat, begutachtet Branzger die Zähne.
Alles voller Löcher, stellt er fest – und setzt sich wieder bequem.
Die Dame prostet ihm zu, nennt ihren Namen und er ein anderes Pseudonym; der Junge stiert auf seinen Teller. Ordnet, während die Erwachsenen Blicke tauschen, mit der falschen Seite seiner Gabel die Fleischhäppchen zu einem heimlichen Zeichen . . . des Wahnsinns vielleicht.
Draußen fängt es an zu regnen.

Etwas später kommt die minestrone. Er riecht daran und kostet einen Löffel.
Sie schmeckt doch vorzüglich?
Ja, lügt Branzger; denn die Suppe ist ihm viel zu fett und er schiebt den Teller von sich.
Wenigstens die Hälfte, Herr Salo . . .
Wenn man krank ist, muß man essen!
Dann versucht sie, ihn verrückt zu machen.
Einen Löffel für . . . na, für wen?
Wen haben Sie am liebsten?
Einen Löffel für . . .

Mich!
Sich?
Mich.
Das ist aber sehr egozentrisch gedacht.
Wie denn sonst? entgegnet er und beginnt zu löffeln. Da erscheint die Frau in der Tür, gibt der Dame einen Wink, ruft ihr zu: Ferngespräch aus Deutschland! Woraufhin sie aufspringt, Das ist Alfred! schreit und verschwindet.

Draußen schüttet es inzwischen.
Ein Platzregen, denkt Branzger und schaut über den Tisch. Die Made glotzt an ihm vorbei, haarscharf; und er, vollkommen impertinent, versetzt ihr einen Tritt, entschuldigt sich sofort, blickt dem Jungen ins Gesicht – sieht, daß er ihn angrinst.
Rundherum jetzt eine merkwürdige Stille: die Geräusche des Regens wie aus einem anderen Zusammenhang; keine Geräusche von Regen, sondern ein beliebi-

ger Ton, der keinen Unterschied zu dieser Stille macht. Ein Zeitraum tut sich auf.

Unmittelbar danach und wieder, als ob er es nicht selber wäre, tritt er ihn noch einmal unterm Tisch. Diesmal mit aller Kraft gegen das Schienbein und beugt sich dann zu ihm hinüber: Der Junge kaut. In seinen aufgerissenen Augen glänzt es; er gafft ihn an.
Gott kann ein Arschloch sein . . ., flüstert Branzger.
Oder der Geruch von Zimt . . .
Oder es ist eine offene Spalte . . . – steht auf, geht nach oben, zieht sich aus, legt sich hin, schläft auf der Stelle ein und träumt. Träumt von den Worten *Verarschung* und *geschliffene Rede* in elliptischen Verschiebungen und wird erst wieder wach am späten Morgen.

Sein Zustand hat sich gebessert. Der Kopf ist ihm leichter; die Gliederschmerzen sind vorbei.
Branzger kleidet sich an und läuft hinunter.
Der Speisesaal ist leer.
Die Dame und ihr Junge, sagt die Frau, sind abgereist. Hals über Kopf auf jenen Anruf hin, seien sie noch am Abend losgefahren.
Er bestellt ein reichliches Frühstück, macht sich Gedanken, bis der Kaffee kommt, kündigt der Frau seinen Besuch an, stärkt sich und geht danach in den Ort.
In einem Laden, vor dem Menschen stehen und schauen, kauft er sich ein weiches Hemd. Ein paar Schritte weiter, auf Tageszeitungen und Illustrierten, Schlagzeilen in der Muttersprache: NEUES LEBENSZEICHEN VON MORO heißt es auf der Titelseite sei-

ner Heimatzeitung. Branzger besorgt sich eine Ausgabe, schlendert zurück zum Hotel, begibt sich auf sein Zimmer, zieht sich wieder aus und legt sich hin. Sucht im Regionalteil nach etwas ganz Bestimmtem, ohne es jedoch zu finden. Vom Rest der Zeitung interessieren ihn nur die Katastrophenmeldungen. Wieder ein Lawinenunglück in den Alpen! Vier Verschüttete, die man noch immer nicht geborgen hat, nach vierundzwanzig Stunden, und die Möglichkeit, daß sie am Leben sind! In einer kleinen Luftblase zum Beispiel, trotz gebrochener Knochen und Quetschungen am ganzen Körper; bewegungsunfähig natürlich und in völliger Dunkelheit. Ausgefüllt von dieser Angstvorstellung liest er den Regionalteil noch einmal, nun Wort für Wort, entdeckt aber trotzdem keine Nachricht über einen alten Mann, dessen Leichnam man verwest gefunden hat nach Wochen. Er wirft die Zeitung weg und greift sich den Defoe, streicht über den Einband und blättert darin herum. Schaut in Die Pest in London, in die Sterbelisten mit den Totenzahlen aus jedem Stadtbezirk, läßt dann hunderte von Seiten durch die Finger gleiten, bis zu seinem Lesezeichen, dort, wo Robinson auf Freitags Spuren stößt, sieht in den Text und immer wieder, zwischendurch, auf seinen einen Nagel; und so verläuft die Zeit in Intervallen.

Am späten Nachmittag klopft es.
Ja! ruft er, und sie kommt rein und stellt sich vor sein Bett.
Wie geht es dir? erkundigt sie sich.
Ach Gott, es geht, sagt Branzger.

Lach doch mal über dein Wehweh!
Ich kann nicht lachen, weißt du doch.
Dann legt sie ab und schaut sich um, bewegt sich vor seinen Augen. Er blickt auf ihren Rock, und seine Gier zerplatzt in dem Verlangen nach Geborgenheit; er glaubt sich wieder elender zu fühlen.
Ich habe entsetzliches Kopfweh, übertreibt er, versucht sich zu konzentrieren und spürt eine große Belastung in seinem Gehirn, eine Überschüssigkeit, wie er sie von früher kennt. Auf jedes Wort, das er denkt, folgt sogleich ein anderes, noch ehe das vorangegangene ausgedacht ist ... und darauf wieder ein anderes und so weiter ... – bis er plötzlich ausspricht: Ich bin ein Versager –
Sie sieht ihn an.
Und was versagst du dir?
(kurzes Schweigen)
Von allem ein bißchen. Aber immer das Eigentliche, verstehst du?
Und was ist das? möchte sie wissen, tippt sich mit dem Zeigefinger an die Schläfe und läuft im Zimmer hin und her.
Branzger achtet auf das Wippen ihres Rockes, findet, daß sie glänzend ausschaut für ihr Alter.
Erzählst du mir deine neue Geschichte? bittet sie ihn auf einmal.
Welche meinst du?
Ich hab den Titel vergessen.
Alles fängt mit A an? Meinst du die?
Die mein ich. Die hast du doch im Kopf.
Du, ich muß mich erst erinnern, sagt er, schlägt die Decke zurück, und sie zieht sich den Rock aus.

Beide schweigen eine Zeitlang und sehen einander an; er auf ihre dicken Schenkel und sie auf seine eingefallene Brust.

Warum bist du im Wasser gelandet? fragt sie ihn schließlich.
Weil ich ausgeglitten bin.
Wolltest du dich erkälten?
Es war ein Unglücksfall. Ein Unfall!
Man rutscht nicht so einfach aus.
Ich sagte ausgeglitten.
Auch das nicht.
Du löcherst mich.
Tu ich das?
Was weiß ich.
(kurzes Schweigen)
Was willst du überhaupt?
Ich will nichts.
Das gibt es nicht.
Setz ich mich eben für irgendwas ein. Aber nur für etwas Unberührtes. Meinetwegen für den Uranus.
Ich werde mir einen Aufkleber machen, auf dem steht Schützt den Uranus! Verstehst du? So herum. Mit meinem vollen Namen drunter. Als ein echter Würdenträger.
Wie lustig.
Wieso?
(langes Schweigen)
Du hast dich noch nie wirklich exakt mitgeteilt.
Du hast mir noch nie genau zugehört!
(kurzes Schweigen)

Alles Wichtige ... hast du mir immer beim Zähneputzen gesagt. Und es ist ganz unmöglich, jemanden zu verstehen, wenn man sich gerade die Zähne putzt. Für den anderen, der sich nicht hineinversetzen kann, ist das Zähneputzen fast geräuschlos. Aber man selber versteht kein einziges Wort. Das ist es.
Das könnte es sein, meinst du.
(kurzes Schweigen)
Hattest du Sehnsucht nach mir?
Wo denkst du hin ...
Ich weiß es nicht.
Wieder schweigen sie eine Weile und blicken sich an; mit traurigen Augen auf den Mangel am Körper des anderen.

Dann verlangt sie von ihm: Erzähl mir jetzt deine Geschichte, und Branzger steigt aus dem Bett.
Paß auf!
Ein Kinderzimmer am Abend. Inmitten von Beschädigtem und Unbeschädigtem ein Vater. Er beobachtet sein Kind, das dasteht und trödelt, und sagt zu ihm: Mach dich fertig ... Da dreht es sich auf einmal um und möchte wissen, womit alles anfängt.
Ja?
Sie nickt, und er nimmt sein Fernglas, geht zur Balkontür, öffnet sie weit, schaut über den See und fährt fort.
Der Vater zögert. Aber das Kind wartet nicht ab und gibt sich selbst die Antwort. Alles fängt mit A an, sagt es, und sein Erzeuger lacht. Er amüsiert sich über diesen Witz, löscht das Licht und will das Zimmer schon verlassen, als er plötzlich das Gefühl bekommt, irgendwas

verloren zu haben. Er greift in sämtliche Taschen, sucht, läuft unterdessen zurück und fragt nun seinerseits, worin denn wirklich alles seinen Anfang findet . . . Und das Kind wiederholt sich.

Ja?

Ich höre dir zu.

Branzger sieht in das Okular: . . . Auf der anderen Seite alle Einzelheiten endlich: Haus für Haus, Farbe für Farbe.

Und weiter . . .?

Der Vater setzt sich an den Bettrand und drückt dem Kind die Schulter. Alles, beginnt er nach scharfem Nachdenken, fängt natürlich nicht mit A an, sondern hat, je nachdem, immer einen ganz bestimmten Grund . . ., einen physikalischen zum Beispiel oder einen anderen . . . und blickt ihm in die Augen, doch es reagiert nicht – spielt statt dessen mit einem Deckenzipfel und ergänzt: Alles fängt mit A an . . . und hört auf mit Es – und trifft damit den Vater. Blödsinn das eine wie das andere, stellt er kategorisch fest. Denn zumindest das, womit alles aufhört, ist ja doch wohl klar, nämlich der Tod und nicht ein S.

Branzger setzt das Glas ab und hat im Laufe der Bewegung seinen Zeigefinger vor sich. Unter dem Nagel immer noch die Spur von einer Spur. Nicht mehr, aber auch nicht weniger als eine Einbildung, wie ihm scheint. Komm . . .! drängt sie ihn; und er pult es hervor und schnipst es davon – schon wieder im Reden begriffen.

Das Kind beißt sich die Lippen, und sein Vater triumphiert. Verloren, sagt er scherzhaft – und sieht, daß es

den Kopf schüttelt, woraufhin er ungeduldig wird. Gottes Willen, was fällt dir eigentlich ein? ereifert er sich, und es entgegnet: Nichts . . . nichts . . .
Solange, bis er aufsteht, eine fahrige Bewegung macht und fragt: Was heißt hier nichts?
Aber das Kind ist ganz woanders. Alles fängt mit A an, sagt es . . . und hört auf mit Es.
Fertig?
Noch zwei Sätze.
Da untersagt der Vater die Behauptung. Er macht Licht und muß dabei, für den Bruchteil einer einzigen Sekunde, an einen aufgesperrten Hurenafter denken, der sich vor seinem inneren Auge ausnimmt wie ein großes O, – verschiebt es aber sofort weiter, denkt an etwas Festes und straft das Kind mit einer Schönschreibübung.
Das ist die Geschichte.
Hat sie dir gefallen?
Ich hab mich so geplagt.

Etwas später, nach längerem Schweigen, meint sie auf einmal: Wunderschön ist es hier; und er möchte wissen, wie lange sie bleibt.
Das hängt ganz von dir ab.
Wieso von mir, seit wann?
Branzger blickt wieder rüber, entdeckt im Fernglas Palmen an der Promenade.
Wieso von mir?
Sei halt kein Spielverderber . . .
Kann jetzt sogar Autos sehen – und mit sehr viel Phantasie auch Menschen.
Was ist dort? fragt sie ihn. Wo schaust du hin?
Dort drüben, sagt er, liegt Salau –

geschrieben im Frühjahr 1978 und Winter 1979, B. K.

2/2/6.84

2/3/6.84

2/4/6.84

2/5/6.84

2/6/6.84

suhrkamp taschenbücher materialien

»Der Suhrkamp Verlag hat der älteren Idee, rund um einen gewichtigen Autor biographische und essayistische Texte zusammenzustellen, mit seiner Reihe ›suhrkamp taschenbücher materialien‹ neuen Schwung verliehen.«
(Frankfurter Allgemeine Zeitung)

Herbert Achternbusch. Hg. J. Drews. st 2015
Samuel Beckett. Hg. H. Engelhardt. st 2044
Thomas Bernhard. Werkgeschichte. Hg. J. Dittmar. st 2002
Brasilianische Literatur. Hg. M. Strausfeld. st 2024
Brechts ›Aufhaltsamer Aufstieg des Arturo Ui‹. Hg. R. Gerz. st 2029
Brechts ›Dreigroschenoper‹. Hg. W. Hecht. st 2056
Brechts ›Gewehre der Frau Carrar‹. Hg. K. Bohnen. st 2017
Brechts ›Guter Mensch von Sezuan‹. Hg. J. Knopf. st 2021
Brechts ›Heilige Johanna der Schlachthöfe‹. Hg. J. Knopf. st 2049
Brechts ›Kaukasischer Kreidekreis‹. Hg. W. Hecht. st 2054
Brechts ›Leben des Galilei‹. Hg. W. Hecht. st 2001
Brechts ›Mann ist Mann‹. Hg. C. Wege. st 2023
Brechts ›Mutter Courage und ihre Kinder‹. Hg. D. Müller. st 2016
Brechts Romane. Hg. W. Jeske. st 2042
Brechts ›Tage der Commune‹. Hg. W. Siegert. st 2031
Brechts Theaterarbeit. Seine Inszenierung des ›Kaukasischen Kreidekreis‹ 1954. Hg. W. Hecht. st 2062
Brechts Theorie des Theaters. Hg. W. Hecht. st 2074
Hermann Broch. Hg. P. M. Lützeler. st 2065
Brochs ›Verzauberung‹. Hg. P. M. Lützeler. st 2039
Die deutsche Kalendergeschichte. Ein Arbeitsbuch von Jan Knopf. st 2030
Hans Magnus Enzensberger. Hg. R. Grimm. st 2040
Frischs ›Andorra‹. Hg. E. Wendt u. W. Schmitz. st 2053
Frischs ›Don Juan oder Die Liebe zur Geometrie‹. Hg. W. Schmitz. st 2046
Frischs ›Homo faber‹. Hg. W. Schmitz. st 2028
Geschichte als Schauspiel. Hg. W. Hinck. st 2006
Peter Handke. Hg. R. Fellinger. st 2004
Ludwig Hohl. Hg. J. Beringer. st 2007
Ödön von Horváth. Hg. T. Krischke. st 2005
Ödön von Horváth. Der Fall E. oder Die Lehrerin von Regensburg. Hg. J. Schröder. st 2014
Horváths ›Geschichten aus dem Wiener Wald‹. Hg. T. Krischke. st 2019
Horváths ›Jugend ohne Gott‹. Hg. T. Krischke. st 2027
Peter Huchel. Hg. A. Vieregg. st 2048

55/1/8.86

Uwe Johnson. Hg. R. Gerlach, M. Richter. st 2061
Johnsons ›Jahrestage‹. Hg. M. Bengel. st 2057
Joyces ›Dubliner‹. Hg. K. Reichert, F. Senn, D. E. Zimmer. st 2052
Juden in der deutschen Literatur. Hg. St. Moses, A. Schöne. st 2063
Kafka: Der Schaffensprozeß. Hg. H. Binder. st 2026
Der junge Kafka. Hg. G. Kurz. st 2035
Marie Luise Kaschnitz. Hg. U. Schweikert. st 2047
Alexander Kluge, Hg. T. Böhm-Christl. st 2033
Franz Xaver Kroetz. Hg. O. Riewoldt. st 2034
Lateinamerikanische Literatur. Hg. M. Strausfeld. st 2041
Literarische Utopie-Entwürfe. Hg. H. Gnüg. st 2012
Karl May. Hg. H. Schmiedt. st 2025
Friedericke Mayröcker. Hg. S. J. Schmidt. st 2043
E. Y. Meyer. Hg. B. von Matt. st 2022
Moderne chinesische Literatur. Hg. W. Kubin. st 2045
Paul Nizon. Hg. M. Kilchmann. st 2058
Die Parabel. Hg. T. Elm, H. H. Hiebel. st 2060
Plenzdorfs ›Die neuen Leiden des jungen W.‹ Hg. P. J. Brenner. st 2013
Rilkes ›Aufzeichnungen des Malte Laurids Brigge‹. Hg. H. Engelhardt. st 2051
Rilkes ›Duineser Elegien‹. Drei Bände. Hg. U. Fülleborn. st 2009/2010/2011
Schillers Briefe über die ästhetische Erziehung. Hg. J. Bolten. st 2037
Karin Struck. Hg. H. Adler, H. J. Schrimpf. st 2038
Martin Walser. Hg. K. Siblewski. st 2003
Weimars Ende. Im Urteil der zeitgenössischen Literatur und Publizistik. Hg. T. Koebner. st 2018
Ernst Weiß. Hg. P. Engel. st 2020
Peter Weiss. Hg. R. Gerlach. st 2036
Peter Weiss: ›Ästhetik des Widerstands‹. Hg. A. Stephan. st 2032

55/2/8.86